超変掌説

だから生きる

松井《まつい》天遊《てんゆう》

元就出版社

まえがき

「生命《いのち》」は、ひとつしかありません。かけがえのないものです。授かったものであり、育《はぐく》むものです。せっかくいただいた生命なのですから、とことん大事にしなければなりません。黒沢明監督の映画『生きる』をご覧になったでしょうか。名優、志村喬の姿が、ありありと思い浮かんできます。ダンカン監督が『生きない』という映画、新藤兼人監督が『生きたい』という映画を作りました。

『生きかた上手』は、聖路加国際病院の日野原重明先生の名エッセイです。『なぜ生きる』という本が、ベストセラーになりました。『人生いろいろ』という演歌があります。「男もいろいろ、女もいろいろ、咲き乱れるの」と島倉千代子が歌って、ヒットしました。小泉純一郎前総理が国会答弁で「人生いろいろ」といって、物議をかもしたことは、記憶に新しいところです。

身過ぎ、世過ぎといいます。器用、不器用とわかれるように、世渡りのうまい人と下手な人とがいます。あるいは運のいい人と悪い人もいます。「禍福はあざなえる縄の如し」ですから、順風満帆のときもあれば、不運・逆風のときもあります。どんなときでも平常心でと教わりますが、なかなかそうはいかないのが、凡夫の凡夫たる所以《ゆえん》でありましょう。成功、念願成就、目標達成で喜ぶときもあれば、失敗、挫折、敗退、絶望で涙にくれるときもあります。「人は誰でも間違える」存在なのですから、「何事もあわてず、あせらず、あきらめず」の境地が必要です。

「生まれ落ちたら死出の旅」です。天寿といい、定命といいます。親を選ぶことができないように、子供を選ぶこともできません。人間としての出来、不出来は、程度の差はあっても誰にでもあてはまることです。未熟であることを自覚すれば、謙虚な心を持つことができます。もうひとつ、感謝の念を常に持つことでしょう。他人《ひと》さまに迷惑をかけない生き方を、と説く人がいます。しかし我々ひとり一人は、この世に存在していること自体、すでにいろんな迷惑をかけているのです。この地球上の生きとし生けるもののすべてに迷惑な存在が人間なのです。ならば全てのものに感謝の気持ちをもって接することです。いろんな生命をいただいて、我々の露命をつないでいるのです。「ありがたい、ありがたい、思えばありがたいことばかり」の気持ちで、毎日を生きていきましょう。

　自分の生命がいつ終わりを迎えるのかは、誰もわかりません。しかし今は生きています。親子兄弟、ご近所のみなさん、遠い国々の人たちと縁あって同じ時代を生きています。生かされています。大宇宙から見れば、ほんの砂の一粒にもならないかも知れません。天地自然の摂理のほんのひとかけらかも知れません。しかし、せっかくいただいた生命はひとり一人にとって、限りなく大きなものです。だから生きるのです。

「虎は死しては皮残す。人は死したら名を残せ」という言葉を、子供のころに聞かされました。卒業式のときに歌う『仰げば尊し』の一節に「身を立て、名を上げ、やよ励めよ」があります。いずれも立身出世を奨励しています。若くして名を為す人もいれば、大器は晩成す、の人もいます。幼いころに神童といわれ、二十歳《はたち》過ぎたらただの人、という言葉もあります。せっかく功成り名を遂げたのに、晩節を汚す人もいます。

「人間いたるところ青山あり」で、いずれみんな土に還っていきます。有名無名を問わず、死んだら戒名をもらいます。「身土不二《しんどふに》」といいますが、生まれ育ったところの土になる人もいれば、生々流転、はるか離れた異国の丘で土になる人もいます。どのようなかたちでこの世とおさらばするにしても、みながみな、十分に満足して、納得して別れを告げられることが肝心です。だからその日のために生きるのです。精一杯生き抜くことが、大宇宙大生命体へのご恩返しとなります。

一日一笑

今日という日を楽しく生きる

まわりにいる人たちが、みんなニコニコ笑っているのに、本人はしきりと泣いている。これとは逆に、まわりにいる人たちがみんな泣いているのに、本人はにこやかにそれを眺めている。さて、どんな情景を連想されますか？　誕生と往生です。

お母さんの胎内から出てきての第一声は「オギャアー」です。息をはき出します。元気のよい産声です。「オギャア、オギャア」とたて続けに泣きます。赤ちゃんをとり囲んで、親族も医師も看護師もみんなニコニコと幸せそうに笑っています。この世に生命を授かったひとりの後輩に、祝福の意思表示をしているわけです。

でも赤ちゃんはなぜあんなに泣くのでしょう。とんでもないところへ出てきてしまったという、後悔と驚きと悲しみのあまり泣いているのでしょうか。あるいは空腹を訴えているのでしょうか。しかし生まれてすぐに母乳を飲ませるようなことはしません。どうしても泣きやまない赤ちゃんには、水を飲ませることがあるようです（私の長女がそうでした）。

それにしても赤ちゃんはよく泣きます。泣くことで意思を伝えようとするわけですが、それをまた的確に受け止めるのがお母さんです。本当にすごいと思います。暑いのか寒いのか、お腹が空いているのか、おむつが汚れているのか、母親というのは赤ちゃんの泣き方をちゃんと聞き分けることができます。

「泣く子は育つ」。昔の人はいい言葉を残してくれています。そして「家に三声あり」とも。つまり話し声、笑い声、歌声の三つの声が家庭には必要ですよ、ということですが、私はこれにたまにでいいですから、赤ちゃんの泣き声を加えたいと思います。核家族化していますから、どこの家からも赤ちゃんの泣き声は聞こえてこなくなっています。「孫は来てよし帰ってよし」だそうですから、たまにでいいです、泣き声を聞いてください。

さて往生です。息を静かにひきとります。生まれたときの「呼」に対して「吸」となります。脈をとっていた医師の「ご臨終です」の言葉を待ちかねていたように（?）嗚咽《おえつ》が洩れます。号泣が鳴りひびきます。手をにぎり、体にとりすがって、名前を呼び、第二人称を呼び続ける人もいます。まさに愁嘆場です。

しかし当の本人は、一切のしがらみ、絆《きずな》から解き放たれて、安楽の境地に入っているはずです（こればかりは推測の域を出ません）。

「わが人生に悔いなし」の心境であの世へ往けるのなら、にっこり笑って死ねるはずです。文字どおりの大往生です。さてしかし、生涯を終えるときに一体何人の人がこういう清明澄みきった清らかな境地になれるでしょう。「生まれ落ちたら死出の旅」と、誰もが漠然と意識しているはずです。

散る桜残る桜も散る桜

良寛さんの句です。後先はありますが、桜の花はみんな散ってしまいます。人間の生命も同じです。一期《いちご》というか最期《さいご》というか、とにかくそのときを迎えて「まだ死にたくない」と思ったり、「あれをしておけばよかった、これをしておきたい」と未練を残していたり、まるまる煩悩を抱えたまんまという人も結構いるのではないでしょうか。悟りの境地になかなか到達できないのが、大方の人間だと考えられます。

かくいう私も十年前、胃がんの第Ⅲ期ということで幽門部に近い方を三分の二切除する手術を受けました。当時、五年生存率は二〜三割といわれていました。生死の境を彷徨するという表現がありますが、私にはそうした感じというか悲壮感はありませんでした。死んでたまるか、という力んだ気持ちもなかったのです。ただ何となく、まだ死なないだろう、自分の寿命はまだ尽きないだろうと思っていました。

病気、高齢、戦争などいろんな局面で「死を予感する」ということを見たり聞いたり読んだりしてきています。自分が入滅する日を予言した高僧の話もあります。生命の終わりは、何となくわかるのだろうと思いますが、当時の私にはまったくそれがありませんでした。それで今日まで生き長らえてこられました。

読者のみなさまのなかにも、がんという病気にかかって、いやがおうでも「生」と「死」について一再ならず考えられたことがおありかと思います。「何で自分ががんになったんだ」と、その理不尽さを嘆き、憤られたことでしょう。しかし人間は、健康であっても自然の災害やいろんな事故で、死と直面することがあります。

昔、中国の杞《き》の国の人が「空が落ちてきたらどうしよう」と心配したことから「杞憂」という言葉が生まれました。死を考えることは杞憂だとはいいませんが、どうしようもないことを思い患っても始まりません。一休さんがいまわの際に「なるようになる、心配するな」といい残されましたが、まったくこのとおりだと思います。辞世の歌は次のようです。

いま死んだどこへも行かぬここにおる
たずねはするな物は言わぬぞ

人生についても詠んでいます。

世の中は食うて稼いで寝て起きて
さてその後は死ぬるばかりぞ

今、この瞬間を生きることが大事です。過去は戻ってきません。未来はまだきていません。現在只今があるだけです。私は「がんを友に生きよう」と思っています。再発、転移といった言葉は常に頭の隅に残っています。みなさんも同じことだろうと思います。でも心配しだしたらきりがありません。気持ちの切り替えが大切です。そんな見地から執筆をしていきます。明るく楽しく朗らかな話を書いていきます。

微笑でも爆笑でも、そして苦笑でも、とにかく笑うということは人間が持っている免疫機能を活性化してくれます。とくにがん細胞と闘ってくれるNKC（ナチュラル・キラー・セル）を活性化します。心強い限りです。これからの人生、大いに笑って明るく楽しく毎日を暮らしていこうではありませんか。そのためのお手伝いができたらいいなと考えています。

「平凡にして偉大なれ」という言葉があります。肩ひじ張ることはありません。肩の力を抜きましょう。沽券《こけん》なんていう言葉は忘れましょう、捨てましょう。「力を抜くと、力が出る」のです。成功しなければとか、失敗は許されないとか、緊張すると体がカチカチに固まって、日頃の力を発揮できなくなります。

日本人はよく「頑張ろう」といいますが、アメリカ人は「テイク・イット・イージー」、つまり「気楽にやろうよ」といい合います。こだわり、とらわれの心は、人間の動きを不自由にします。自由にのびのびとした頭と体を持ちましょう。毎日を楽しく暮らすことが、健康維持の大前提です。

今日今日と言いてその日を暮らしぬる
明日の生命はとにもかくにも

いつまでも若々しくあるために……よく笑おう

笑いが体にいいということが、次第に社会に広く浸透してきました。とくに右脳を働かせるようになるということ、免疫機能を活性化させるということの二点は、かなりの人の知るところとなっています。なかでも「がん細胞」をやっつけてくれる「ナチュラル・キラー細胞」が、笑うことによって活発に活動してくれるということは、前述しました。

喜劇を観たり、落語を聞いたりして笑うのもいいですが、毎日の生活のなかでも、結構笑える場面に出会うことがあります。何気ない会話のなかに、笑えるタネがひそんでいます。

ある会合の受付で、飲み物を手渡していました。「ウーロン茶とおーいお茶と、どちらがいいですか」と聞かれたので、「少ないお茶にしてください」と答えました。一瞬怪訝《けげん》そうな顔をしましたが、意味がわかってはじけるように笑ってくれました。

ファミリーレストランの家族連れの話です。何品か頼んで、そのうちのひとつを食べたお父さんが「う〜ん、これは大人の味だな」といいました。それを聞いたお子さんのひとりがお母さんの袖をひいて心配そうに聞きました。「お父さんは大人を食べたことあるの？」

おそば屋さんで、木の札に書かれた品名を読んでいた小学校低学年のお子さんがいいました。「おそば屋さんには動物が三匹いるね」。きつねとたぬきはすぐわかります。鴨南蛮などという字は読めません。さて何でしょう。「大ざる」でした。

お城の見学に出かけた父子の会話。

「お父さん、このお城にはかにがいるよ」

「かになんかいないよ」

「だって、あの柱に大きく書いてあるよ」。お父さんが指さされた柱を見ると、「静かに」という貼り紙がありました。

高知城へいったとき、天守閣にあった貼り紙を読んで、思わず笑ってしまいました。禁止事項三項目です。

①煙草を吸わないこと

②飲んだり食べたりしないこと

③昼寝をしないこと

講演を終えて主催者と喫茶店へいきました。夜はスナックになるというその店の照明は、いくらか暗く感じました。帰るとき、レジの横に立ててある札の文章に思わず頬がゆるみました。

「暗い店でも明朗会計」。そこで私が提案しました。もうひとつ札を立てて「暗い人にも明朗会計」としたら、と。

世界に先駆けて、日本には高齢者社会が到来しています。いろんな原因が数え上げられていますが、平和だからこそです。戦死する人がいないのです。交通戦争といわれて、事故死する人が増えましたが、いろんな対策が講じられて年間一万人を割り、漸減傾向にあります。ところが心を病む人が増え、自殺をする人が三万人台で推移しています。経済的にいき詰まったり、病気を苦にして、という理由から自らの生命を断っていきます。

心のゆとりをなくして、笑う気力も失われているのでしょう。笑うに笑えない状態から、何とか抜け出さなければなりません。高齢者はだんだん笑いが少なくなっていきます。大抵のことは知っているし、気力体力は衰えていくし、もういいわー、という感じになってしまうからでしょう。

笑うにはかなりのエネルギーが必要です。そして笑えるということは、健康のバロメーターでもあるのです。身近に起こる出来事に関心を持って、笑いに結びつけることが肝要です。感受性と好奇心を大いに働かせてください。

高校生と大学生の男の子を連れて里帰りしたお母さんがいます。そのお母さんのお母さんが夜心配そうに尋ねました。「お前は子供たちに昆布とかわかめをちゃんと食べさせているのかい？」。二人とも茶髪だったのです。

そのおばあちゃんと高校生の孫の会話。

「ちゃんと塾へいってるのかい?」

「二カ所もいってるよ」

「へえー、どことどこだい」

「新宿と原宿」。

電話でいろんな物を売る方も大変でしょうが、受ける方も大変です。ご主人のお通夜のときにかかってきました。

「もしもし奥様ですか?」

「昨日まではそうでしたが、何でまたそんなことを聞くの?……」。

三十九度の高熱でうんうん唸っているときにかかってきた電話。

「お墓をお買いになりませんか?」

「今、息も絶えだえなので、もう少し待っててください」。

高齢者学級で講師がいいました。「あなた方はこれまで散々お子さんやお孫さんにスネを齧られたんですから、これからはあなた方が齧る番です!」

一人のおばあさんがいいました。「齧りたくても歯がないんです」

隣にいたおじいさんが「じゃあ、しゃぶりなさい」。

右肩が痛くなって医師に診てもらった八十歳のおじいちゃん。「五十肩ですな」と軽くいわれてしまった。年のせいだから仕様がないということだが、「左肩だって同い年なんですよ」といい返したという。
定年退職した男性は、家のなかでも地域社会でも、とかく疎外感を味わうことになるようです。それで濡れ落ち葉とか粗大ゴミといわれてしまいます。
ママエステ僕はプレステパパ見捨て
ますますもって怪しからんことです。郊外の我が家にやっと辿りつきますと、
父帰る娘出て行く妻寝てる
という状況となっています。男は、その家の主人（あるじ）だというう自負があるはずです。プライドを持っています。ところがカミさんの方は一向に動じません。なぜならばその家の主（ぬし）だと思っているからです。
一年三六五日が経つと、ひとつ年をとったといいます。へりくだっていうと、馬齢を重ねる、です。このごろは加齢、エイジングの訳語がよく使われます。抗加齢学会、アンチエイジング学会というのが発足しました。時の流れには逆らえないのが、生きとし生けるものの運命ですが、いつまでも若々しくありたいという願望に応えるべく、いろんな角度から抗加齢を研究しようというのです。
学会では「美しく楽しく生きられる人生を目指して」五カ条のアンチエイジング憲章を

策定しています。
①いくつになっても男と女
②肌の若返りは心の若返り
③バランスのよい食事と適度な運動
④よく笑い、よく話し、そしてよく噛む
⑤長生きこそ最大の誇り
男心、女心を持ち続け、常に異性を意識することが大切です。「心の若返りは肌の若返り」といい換えてもいいとのことです。笑うということ、これもやはり大切です。

日本語ならではの笑い

「最中」は、もなかとも、さいちゅうとも読めます。「喪中」はもちゅうなのですが、もなかと読んだ若者がいました。「永井荷風」の名を「にふう」と読んだり、「時津風定次」を「ときつふうていじ」と読んだ友人が、その昔にいました。日本語の読み方は確かに難しいんです。ひとつの漢字に幾通りもの読み方があります。同音異義を含めて、それだから笑いのタネに事欠かないということにもなるのでしょう。

猛暑の季節に交わす言葉は「暑い（熱い）ですねえ」です。そこで私は聞き返します。

「あついですか?」

「あついです」

「私まついです」

ここで笑いが生まれます。

紫外線が多いのは夏です。そしてどこが多いかとなると、パレスチナということになります。市街戦です。人工透析が広く行われるようになり、元気に活躍できる人が増えています。世界を見渡して、日本ほど透析の多いところはありませんが、これもパレスチナという答えにつながります。投石です。機略縦横、頓智のきく人とかけて、沖縄県と解きます。その心は機智（基地）に富んでいる。

以上の例は、残念ながら素直に笑うことができません。状況が深刻だからです。言葉遊びとしては秀《ひい》でているかもしれませんが、当事者の身になって考えると、決して愉快なことではありません。ブラック・ジョークに近いといえます。毒のある内容、ぐさっと心に突きささるような話は、よほど場所を選んでいわないと、周りの誰かを傷つけることになります。

昔の人は実にいいことをいっています。「病いは口から入り、禍いは口から出る」。『男はつらいよ』の寅さんのセリフにもありました。「それをいっちゃあ、おしまいよ」。

魚類、昆虫類、鳥類のなかで、いちばん体温が高いのはどれか、という出題がありました。生物学的には鳥類ですが、ここは頓智で答えるわけです。さあどれでしょう。正解は昆虫類です。「蒸し（虫）暑い」。

青信号のとき、青い鳥がバタバタバタバタと飛んでいきました。黄色い信号になったら、黄色い蝶々がヒラヒラヒラヒラと飛んでいきました。では赤信号になったら、何という虫が飛んでいったでしょう？　答えは「信号無視」です。

りんごが五個あります。人が六人います。この六人に五個のりんごを平等に分けるにはどうしたらいいでしょう。正解は「ジュースにして分ける」です。

笑いの分類のなかに「緊張緩和の笑い」というのがあります。ハテ何だろう？　と考えさせておいて（緊張させて）、その疑問をパッと解くわけです（緩和する）。そこに弾けるような笑いが生まれます。

海、湖、川にそれぞれいろんな魚が棲んでいます。それらを全部ひっくるめて、いちばん賢い魚はどれでしょう？　頭脳がくるくると働いて（緊張して）、一生懸命に考えています。でもわかりません。「正解はめだかです」といわれても、「えっ？　何で？」とまだ緊張が続いています。「めだかは学校へいっているでしょう……」。

日本人は魚が好きです。刺身はもとよりのこと、煮たり、焼いたり、燻製にしたりと、いろんなかたちでよく食べます。では魚のいちばんおいしい温度は何度でしょう？　「千

（鮮）度」。

お寿司屋さんへいくと、大きな湯呑みに魚偏の字がたくさん書いてあったりします。では魚偏に魚と書いたらなんと読むのでしょう。魚という字が二つ並んでいるのですから、答えは「二（煮）魚」です。

ある会社の方が、大事な取引先のアメリカ人と食事をすることになりました。鮨を食べられるというので、いきつけの店へいきました。カウンターに座ると、アメリカ人は怪訝な顔をしました。テーブルの方がいいとの価値判断です。上得意なので寿司屋の旦那がじきじきに出てきて、何にしますか？　と聞きました。当然「お好み」と答えます。それがアメリカ人には「エコノミー」と聞こえ、さらにムッとしました。お好みならば白身の魚がまず出ます。「ホワット・イズ・ジス」とアメリカ人が聞きました。旦那は「スズキ」と答えました。するとアメリカ人は目の前のケースを見ながら「ホンダはどれだ……」。

今や東京には世界中の人が集まり、世界中の料理を食べさせる店があるといわれています。完全に国際都市となっています。昭和の時代、国際化が進展しつつあったころ、外務省儀典官室の寺西千代子さんが、面白い文章を省内誌に発表しました。「国際化時代にモテる男の十条件」。当時あちらこちらの新聞、雑誌に紹介されたので、あるいは記憶にとどめていらっしゃる方がいるかもしれません。

一、感じのよい人
二、快活で生きのよい人
三、親切で思いやりのある人
四、他人の話を一生懸命聞く人
五、話が面白い人
六、ユーモアがわかる人
七、威張らない人
八、同席の人とうまくやれる人
九、もらう一方でなく、与えることも知っている人
十、適当に行儀がいい人

いかがですか？　ご自分は何項目あてはまっているか採点してみてください。親御さん、奥さん、子供さん、あるいは友人、知人に採点してみてもらっても面白いと思います。昭和の五十年代に出された基準ですが、平成の現在でも立派に通用しますし、これから先でも大丈夫でしょう。

この十条件をコピーして先輩に渡したら、大変面白がってくれたのですが、女性版を考えろという難題が日ならずして届きました。男性と女性と分けて考えても、同じ人間のことですから共通する項目がどうしても出てきます。その点を諒承してもらって私なりに考

えてみました。「モテる女」というのはどう考えてもそぐわないですから「好かれる女性（ひと）の十条件」としました。

一、感じのよい人
二、心と体の健康に気をつけている人
三、自分の個性を磨いている人
四、他人のことをあまり悪くいわない人
五、明るい笑顔を持っている人
六、適度のおしゃべりができる人
七、装いに程の良さを心得ている人
八、ユーモアがわかる人
九、酒席でも楽しい人
十、眼鏡以外のものを鼻にかけない人

我ながら、なかなかの出来栄えだと思っているのですが、いかがでしょうか……。

女性の場合、アルコールを飲まない方が多いですから、酒席に臨んだときの対応が本当に難しいと思います。お酒を無理強いされたり、酔った男性にからまれたり、嫌な思いをされることが多いかと思いますが、そこを何とかしのぐのも、人生修業の一端かと思います。

足るを知り、当たり前のことに感謝を

小学生の間で、言葉遊びや謎々遊びが流行っているようです。いいことだと思います。左脳（ロゴス）と右脳（パトス）をバランスよく使うことが望ましいとされているわけですから、論理的な思考だけでなく、頓智頓才の機能も大いに活用することを、子供のころから身につける方がいいですね。

福谷亮弥くんという小学校四年生の男の子に会いました。舞台やテレビで子役として活躍しているとのことでした。そういう才能を持っているせいか、頭の回転が速く、いろんなことをよく覚えています。たて続けに三つの問題を出されました。底の抜けた鍋はいくらか、気の抜けたビールはいくらか、かびの生えたパンはいくらか、というものでした。

答えは、お金の単位が同一なのでひとつわかれば他の二つもわかります。こうしたことについては、笑文芸集団の「有遊会」で切磋琢磨していますから、そう時間がかからないうちに答えられました。底の抜けた鍋は使いものになりません。そこで煮えん（二円）。気の抜けたビールは酔えん（四円）、かびの生えたパンは食えん（九円）。

才気煥発、利発という言葉を久しぶりに思い出しました。同席した友人が「天才少年だね」といいましたが、決して褒め過ぎではないことを次の瞬間に思い知らされました。「僕は十歳です」といったのです。テン歳です。実際の年齢もそうだったんでしょうが、天を十（テン）といい換えるあたりは、さすがだなと思いました。子役で成功した人が、成人してから道を踏み間違えることが、ままあります。彼にはそうならないことを祈っています。

ところで醱酵学者の小泉武夫さんが、子供たちに親が責任をもって伝えてほしいこと四項目をあげています。今は飽食の時代といわれています。私たちの子供のころは、戦中戦後で食べるものがありませんでした。「食べられない恐怖」が子供心に沁みこんでいました。今の子供たちは「食べさせられる恐怖」を味わっているのだそうです。まさに隔世の感があります。

しかし人間はいつの時代でもいろんな生命をいただいて、自分の生命をつないでいるわけです。ならばまず「感謝」の気持ちを持つことが大事です。

一、食事ができることを、親に感謝しましょう。
一、田畑で食べ物をつくる人、山や海で食べ物をとってくる人の汗の結晶であることを考えましょう。
一、どの食べ物も貴重です。残さないようにしましょう。

一、他人の食べ物を羨ましがらないようにしましょう。

きわめて簡単で当たり前のことですが、その当たり前のことをつい忘れがちになるのが我々人間です。毎日三度の食卓で、このことを思い浮かべ、合掌してから箸を持つ習慣を身につけたいものです。

熊本県の阿蘇長陽村に大野勝彦さんという方がいらっしゃいます。機会をみつけてぜひお会いしたいと思っています。すごい体験をして、毅然として生きていらっしゃるからです。

平成元（一九八九）年七月、大野さんが四十四歳のとき事故に遭いました。農作業中に機械に右手をまきこまれたのです。それをとろうとして左手を出したら、こちらもまきこまれてしまいました。「誰かきて！　助けてくれ！」と叫んだら、家のなかから母親が出てきましたが、機械の停め方がわかりません。このままでは肩までまきこまれ、いずれ頭もと考えた途端、反動をつけて身体を思いっきり後に引いていました。両手はもののみごとに千切れました。病院へ運ばれ、六時間に及ぶ大手術でしたが、両手は元に戻りませんでした。眠れないほどの激痛に襲われながらも、大野さんは生きていることに感謝しました。そして「湧き出る生への想い」を詩に託すようになりました。

二カ月後、今度はその喜びを水墨画に表すようになりました。義手に絵筆をはさんでの作品が次々と生まれ、詩画集を著わし、個展を開き、講演をするようにもなりました。現在ご当地に「風の丘　阿蘇大野勝彦美術館」が開館されています。熊本空港から車で三十分のところです。

「私は自然の中で働く百姓でありながら、花が咲いているのに目もくれませんでした。両手を失い、絵筆を持つようになってはじめてその美しさに気がつきました。きれいだね、とことあるごとに花に声をかけています」。

「私の主治医は形成外科分野では第一人者といわれています。事故で指を十本切断してしまった人がいて、先生はそれを全部結合することに成功しました。しかし右手の人指し指と中指の二本が思うように動きません。その人が先生に、右手から手術してくれたら動いただろうに、と恨みごとをいいました。そこで私がいってやりました。先生この人の両手首をスパッと切り落としてあげなさいよ。なまじっかついているから治る、治らないと気になるんですよ。いっそのこと無くなってしまったら諦めがつくでしょう」。

大野さん自身、両手が当たり前にあったとき、その両手に感謝の念を持ったことは、ただの一度もなかったといいます。これは大野さんだけではありません。我々のほとんどの人間が、そうなのではないでしょうか。何かを失くしてみて、誰かが亡くなってみて、はじめてその大切さに気づくということなのでしょう。「足るを知る」という言葉の重みをあらためて感じます。

唐突ですが、テレホンカード人間の七大特徴というのを考えた人がいるので紹介します。

一、矢印の方向にしか働かない。

一、決まった容量分しか働かない。

一、表はそれなりにきれいなのだが、裏は灰色である。

一、薄っぺらで軽い。

一、ちょっとでも仕事をし終わると、ピーピーうるさい。

一、器械がないと働けない。

一、使い終わったらつぶしがきかない。

「立身出世」という言葉があります。競争社会にあっては、金を儲け、地位を高め、名誉を手にせよ、というけしかける言葉と受けとめられていますが、対句に「知足安分」があるのです。分をわきまえ、足るを知って努力すれば立身出世するよ、が本来の意味なのです。

風刺が含まれた笑いあれこれ——狂歌、川柳

「笑い」には風刺が含まれることがあります。平安時代の「落首《らくしゅ》」がそれであり、江戸時代になると、「狂歌」や「川柳」が盛んにつくられるようになりました。ご政道を批判したり揶揄《やゆ》するわけですから、文字どおり命がけとなります。歌われた内容が時宜《じぎ》を得たものであり、的を射たものであれば、世間一般からはヤンヤの喝采を浴びますが、お上からは睨まれることになります。そこでどうしても作者名が不詳という事態が起こります。

白河の水の清きに耐えかねて
もとの田沼の水ぞ恋しき

田沼意次が老中となったのは安永元（一七七二）年。天明六（一七八六）年に罷免されるまでの十四年間は、後年「賄賂政治」といわれたように、バブルのような景気のよさだったと伝えられています。とって代わったのが奥州・白河藩の松平定信。奢侈《しゃし》を排して徹底した倹約政治を執り行いました。そこで庶民の間から不平不満がつのってきて、このような狂歌が生まれたのです。詠み人知らずとされていますが、おそらく蜀山人でしょう。四方赤良《よものあから》、大田南畝《おおたなんぽ》などいくつものペンネームを持っていますが、れっきとした幕府のお

役人なのです。

世の中に斯《か》ほどうるさきものはなし
文武文武と夜も寝られず

斯ほどというのは「これほど」という意味で「蚊」にかけています。松平定信は倹約を奨励しただけでなく、文武両道に励めとも厳命しました。そこで詠まれたのがこの歌です。これも蜀山人だろうとされていますが、当時はばれたら切腹ものです。とくに名を秘すというかたちをとっています。

「夜も寝られず」という表現は、幕末にペリーが来航したときにも使われています。

太平の眠りをさます蒸気船
たった四杯で夜も寝られず

蒸気船は、お茶の「上喜撰」にかけています。蜀山人の作として確かだろうとされている歌は数多くありますが、次の一首はよく知られています。

世の中でめでたきものはそばうどん
はじめつるつるあとでかめかめ

蜀山人の歌をもう一首紹介しましょう。

初春は人の来るこそ嬉しけれ
とは言うもののお前ではなし

当代きっての人気者でしたから、普段の日でも来客は絶えることがありません。それがお正月ですから、年始の客はひきもきらずにやってきます。ついに蜀山人先生が悲鳴をあげたのでしょう。玄関の柱にこの歌を貼り出してしまいました。きてみて詠んだ人はさぞ驚いたでしょうね。その光景が目に浮かんでくるようです。

平成のこのごろは、サラリーマン川柳に代表されるように、あちらこちらで川柳を募集しています。新聞でも雑誌でも川柳欄が設けられています。しかし狂歌というのは、敬遠されているようです。五七五までなら詠みやすいが、あとに七七を加えるのが面倒なのでしょうか、難しいのでしょうか。

森喜朗さんが総理大臣のとき、「神の国」発言をはじめいろいろと物議をかもす言葉が繰り出されて、とかく批判というか非難の対象となっていました。そこで私が詠んだ一首があります。

森でなく沼地になったわが総理
どこまでいっても湿原（失言）ばかり

森元総理も私も、母校は早稲田です。「都の西北」という校歌があります。相馬御風さんの作詞です。すばらしい歌詞で、早稲田大学の卒業生なら誰でも三番までそらんじていると思います。すべてがすばらしいのですが、私がとくに好きなところは三番にあります。

あれ見よかしこの　常盤の杜は
心のふるさと　われらが母校
集り散じて　人は変れど
仰ぐは同じき　理想の光

この世の中は行雲流水、ゆく人くる人です。時の流れとともに構成員が代わっていきます。自分を育んでくれた母校に、人はみな愛着を持っています。それぞれの人がそれぞれの母校に対して、このような気持ちを持っていることと思います。

ところでさて、です。昭和の終わりごろ、我が早稲田大学で二つの事件が相次いで起こりました。まず最初は、入学試験問題が売られたという事件です。いやしくも天下のワセダです。高い値がついたことだろうと思ったら、とてつもなく安かったというのです。それもそのはず、小額（商学）部でした。

もうひとつの事件は、試験問題が盗まれてしまったというのです。激怒した先輩が「早稲田大学の校歌の題名を変えろ！」と叫びました。都の西北ではなく「都の東南（盗難）」です。

人間科学部の吉村作治教授はエジプト学が専攻で、長年にわたってピラミッドその他の発掘作業に携わっています。悠久の歴史に取り組み、広大な大地と格闘している姿は、まさに「気宇壮大（早大）」だということができます。

早稲田大学の歴代の総長は、きまって毎朝早く起きてジョギングに励んでいるということです。これが本当の総長（早朝）マラソンです。

同音異義の言葉の遊びを続けてきました。それなりに笑っていただけたかと思います。ここらで、ちょっと真面目な話に移りましょう。東京都老人総合研究所が『サクセスフルエイジングをめざして』と銘打って「元気で長生きの十カ条」を提言しています。

一、血清アルブミン値が高い。
二、血清総コレステロール値は、高すぎず低すぎず。
三、足が丈夫である。
四、主観的健康感がよい。
五、短期の記憶力がよい。
六、太りかたは中くらい。
七、タバコは吸わない。
八、お酒は飲みすぎない。
九、血圧は高すぎず低すぎず。
十、社会参加が活発である。

とくに解説する必要はないと思いますが、血清アルブミン値について付言しましょう。

血液を調べてGOT、GPT、ガンマ-GTPの検査数値について説明を受けたことがあると思います。肝臓の機能です。血清アルブミン値が低いと、肝臓が悪いということです。

天と地の間に生まれる人生あれこれ

我々人間は、天と地の間に家を建てて住んでいます。用事があって往来するのは通りです。その通り（道）は平坦なところばかりではありません。坂があります。上り坂と下り坂とどちらが多いかと問われて「ウーム」と考えこんでしまった人がいます。

さて、以上の設定から人生訓が生まれてきます。家、通り、坂、地、空です。

どこに住むのも自由です。都心、郊外、山間の村、思い思いのところに家を建てて、それが何億円しようが、四畳半一間のアパートであろうが、各人の自由です。しかし住んではいけない「うち」があります。それは「そのうち」です。やるべきことはすぐやらなければなりません。

どこへいくにも道を通ります。歩いて、自転車で、自動車で、いろんな方法がありますが、必ずしも「思い通り」になるとは限りません。雪道で転んで骨折する人がいます。渋滞に遭って車が一向に進まないことがあります。

上り坂と下り坂の数は同じです。ゆるやかな坂もあれば、胸突き八丁といった急な坂もあります。しかし気をつけなければならないのは「まさか」です。「そのうち」「思い通り」「まさか」の三つに注意を払わないで、浮《うわ》ついて暮らしている状態を「地に足がついていない」、あるいは「上の空」といいます。要注意です。

落語のまくらに使われる小噺に、こんなのがあります。

この世の中でいちばん大きなところはどこでしょう。空と海と陸のなかから選んでください。そうです、空ですね。空というのは別のいい方で天といいます。天という字は一番大きいと書きます。その天を貫いているのが夫です。粗大ゴミとか濡れ落ち葉などというのはもってのほかです。しかし夫というのは独身の男性の呼称ではありません。奥さんがいるから夫なのです。そこで夫という字を分解すると二人となります。どうぞお二人はいつまでもおしあわせに……。

これは結婚式の披露宴にもってこいの話だと思います。ついでにもうひとつご紹介しましょう。

結婚する前は両方の眼をしっかりとあけて相手を見なさい。結婚したら片方の眼をつむりなさい。生まれも育ちも違う二人が、ひとつ屋根の下で生活をともにするのです。必ずや意に染まないところ、気になるところが見えてきます。両方の眼ではアラが見えてしまいます。ではなぜ片方の眼で見なければならないのかといいますと、結婚式のときに「かための盃」を交わしたからです。

披露宴では、ご両家あるいはご両人の紹介をはじめ、いろんなスピーチが行われます。お日柄はいいから結婚披露となっているのですが、なかに場所柄と役柄をわきまえない人が出てきます。延々と話すのです。祝辞の祝は短縮の縮と心得てほしいものです。長々と述べるのは長（弔）辞です。もう終るかなあと思って聞いていると、また元へ戻って話し始める人がいます。みんなくたびれてしまいます。それで「疲労炎」というのでしょう。


めでたいというと、鶴と亀はつきものです。鶴はスマートでとても様子がいいですね。それにひきかえ亀は、あかぬけないというか何となく鈍くさい存在です。ところが「蓼食《たで》う虫もなんとやら」で、スマートな鶴の青年が、泥くさい亀の彼女にプロポーズしたのです。もうこれだけで大変な騒ぎとなりました。ところがです。何と亀の彼女はそれを断ってしまったのです。さあ国中が沸き立って、天と地がひっくり返るような騒ぎとなりました。周囲の者たちが放っておきません。一体全体あの鶴の青年のどこが気に入らないのだと口々に迫りました。亀の彼女は短い首を精一杯伸ばして毅然として答えました。

「わたくしは九千年間も未亡人でいることに耐えられません」。

縁日で、亀を買ってきた男がいます。翌朝亀を見ると死んでいます。さっそく文句をいいにいきました。「亀は万年といって長生きすると聞いているのに、一体どうしたことなんだ」。それを聞いたお店の主人「多分ゆうべが一万年目だったんでしょう」。
鶴の一声といいます。鶴の鳴き声はなぜシンプルなのか？ 単調（丹頂）なのです。
鶴は夜寝るとき、必ず片足を上げて寝ます。なぜなのか。両方上げるとひっくり返ってしまうから。

信州信濃の新そばよりも
わたしゃあなたの側がいい

都々逸《どどいつ》です。ほとんどの人が知っているでしょう。しかしこの歌の続きがあるというのはご存知ないでしょう。

側がいいとて熱々になり
出来た子供がそばがきだ

チト品位に欠けるきらいはありますが、歌意は汲みとれると思います。
都々逸は江戸末期、今の愛知県の熱田神宮から豊橋あたりにかけて発生したと伝えられています。人情の機微を表わしたものが多く、幕末の勤王の志士といわれた人たちも盛んにつくったといわれています。なかでも有名なのが高杉晋作の歌です。

三千世界の烏を殺し
主《ぬし》と朝寝がしてみたい

いつの世も朝早くから鳴く烏は、うるさがられるんですね。

私の好きな都々逸を、しめくくりに紹介しましょう。古歌とあって、作者不詳です。

夢に見るよじゃ惚れよが足らぬ
真に惚れたら眠られぬ

教え育てることの大切さ

「独りでコーラスができますか?」と聞くと、ほとんどの人が首を横に振ります。できないというわけです。ところができるのです。両手を胸の前で合わせてください。合掌(合唱)です。

小学校の給食の時間、合掌は宗教的な仕種《しぐさ》だからやめさせてほしい、との苦情がきて、やめたとの話を聞きました。別の小学校では「いただきます」といわせるのはやめさせてほしい、との申し入れがあり、やめたといいます。理由は「給食費を払ってるんだから、お礼をいってまで食べることはない」でした。唖然というか呆然というか、開いた口がふさがらないという状態になりましたが、こうした考え方をする父母は結構いるのだそうです。

新聞の投書欄に載っていた話です。投書者がベンチに座ってゆったりとした気分でいたところ、実に物騒な言葉が飛びこんできました。若いお母さんが、泣きやまない赤ちゃんに、乳母車をのぞきこみながら「うるせえ、殺すぞ！」

いやはや、この国の状態は一体全体どうなってしまっているんでしょう。問題は教育にあると思います。教え育てることが大事なのに、どちらかが欠落しているか、両方とも欠落しているか、家庭でも学校でも自信を失っている大人が、あまりにも多いように思われます。「この国の興廃は、教育の一線にあり」とZ旗を掲げなければならないというのに、家庭を省りみない両親、うつ病にかかって第一線を離脱する先生が、激増しているのが現状です。

金、金、金、金が大事と教えたら
金属バットで撲られた

笑うに笑えない狂歌が生まれています。中学生ともなれば、PTAを知っていなければ肩身が狭いと、まことしやかに伝えられています。何の頭文字でしょう。パチンコ、タバコ、アルコールだそうです。

もうひとつ悪い冗談を。

中学生ぐらいでは、まだまだ先生の方が体力的に勝っています。それで先に手を出します。生徒の方もくやしいからなぐり返します。これを「先制攻撃」に「正当防衛」といいます。

楽しい話もお伝えしましょう。

長野県の北アルプスの麓にある二つの中学校が合併することになりました。新しい校名を「アルプス中学校」にしようと、大人たちは考えました。すると生徒側から猛反対が出て、結局「北陵中学校」と決まりました。反対の理由は何か？　校名をつめて読んだら「アル中」となるからでした。


さて、狼に育てられた少女の話をご存知でしょうか。一九二〇年、インドのカルカッタの南西約百キロの農村で、顔は人間、体つきは狼という姉妹が発見されました。英国人の宣教師のシングさんが保護し、奥さんが営んでいる孤児院で生活させることになりました。推定年齢八歳はカマラ、一歳半はアマラと名づけられました。アマラは一年後に死亡、カマラは九年間生存し、十七歳で死亡しました。

四本足というか、両手両足で歩き回り、走り出すと犬のように速かったといいます。両手は使わず、物をつかむのは口でした。食べ方も飲み方も犬とまったく同じでした。カマラは生肉はもちろん、腐肉も平気で食べ、むしろ好物だったといいます。目は暗闇を見通し、嗅覚もとても鋭敏でした。夜中に三回、一定時間ごとに吠えました。森にいる狼たちと鳴き交わしたのです。アマラもカマラも狼たちの合唱に呼応して吠えました。

シングさん夫妻の努力で、二人は少しずつ人間らしい行動を身につけていきました。アマラは二カ月後に人間の言葉を話すようになったのに、姉のカマラはなかなか話すことができず、三年後にやっと「水」（ブフー）という言葉をいえるようになりました。喉の渇きを訴えるようになったのです。しかし四年後でもやっと六個の言葉しか覚えられなかったそうです。

人間がこの世に生をうけて、その初期の発達段階でいかに生育環境が大事であるかを、このエピソードは如実に物語っています。母親に抱かれる、乳房にむしゃぶりつく、子守歌を聞かされる、周囲の誰彼《だれかれ》からあやされる、言葉をかけられる、乳幼児期の受動的な心に刷りこまれるいろんなことが、その後の生活（成長過程）に大きな影響を与えるのです。生まれてきたことを祝福するならば、よりよい環境をつくってあげるのが、親の、社会の責任だと思います。

「人間は教育を通じてのみ人間となる」。

哲学者カントの言葉です。

しかし肝心の教育が、人間の本来あるべき姿を伝えるのではなく、ねじまげられた場合は問題です。私が国民学校へ入学したのは昭和十八年、第二次世界大戦の真っ最中でした。「竹槍を持って敵を刺しなさい」と教わりました。今の日本の小学校で、こんなことをいう先生はいません。もしいったとしても、誰も相手にしないでしょう。

一方世界を見渡すと、これと似たような現象があちらこちらで起こっています。人種差別、宗教上の対立、自爆テロなどなどです。その結果、数多くの難民が発生しています。しわ寄せは小さな子供たちに及びます。飢餓に苦しみ、病気に苦しみ、両親と死別し、兄弟姉妹とも離別するという悲惨な状況に置かれています。憎しみは憎しみを呼び、愛も幸せもどんどん遠のいていきます。この憎しみの連鎖を、どこかで断ち切らなければなりません。

子供は世界の宝です。次代を背負っていく力です。大切に育てなければなりません。

白金《しろがね》も黄金《くがね》も玉も何せむに
まされる宝子にしかめやも

かくばかり偽り多き世の中に
子のかわいさはまことなりけり

憶良らはいまは罷《まか》らむ子泣くらむ
その彼の母も吾を待つらむぞ

子を思う心を詠んだいい歌がたくさん残されています。人が人らしく生きることが難しい時代になっています。心がパサパサに乾いています。もっと潤いが大事です。躾《しつけ》を教え、情、惻隠《そくいん》の情を育てましょう。男親の心情を詠んだ川柳を一句。

俺に似ろ俺に似るなと子を育て

言葉の面白さ

文字で表せば判然としますが、耳から聴いただけではわかりにくい言葉があります。たとえば「創出」と「喪失」です。前後の言葉の配列で、脳は瞬時にそのいずれかを判別します。すごい能（脳）力だといえます。この二つの言葉はまったく逆のことを表しています。取りかたを間違えると、まったく意味がわからないことになります。

わからないことといえば、この世の中わからないことが実に多いですね。当方の不勉強が原因の場合もありますが、どうにも理解し難いという事態も結構あります。荒川静香さんのフィギュアスケートの姿は美の極致でした。とくに喧伝《けんでん》されたのが「イナバウアー」。昨今の日本の姿をみていますと、あちらこちらで偉い人が三人、四人と横一列に並んで「逆イナバウアー」を連発しています。漫才のセリフにも出てきました。「うちのバアちゃんなんかはもう、かなり前から逆イナバウアーのやりっぱなし……」。

世の中でわからぬことが二つある
人の寿命とコンニャクの裏表

何とも字余りのひどい狂歌ですが、思わず笑ってしまいます。

若手の落語家がつくった小咄。

「天国の小咄です、アノヨー。地獄の小咄、コノヨー」。

あの世というのがもしこの地球上にあるのなら、一体どこの国か、で議論になりました。インド、ネパール、ペルー、エジプトといろいろ出ましたが、結論は日本となりました。

「冥土インジャパン」。

発音が澄んでいるか濁っているかで、意味はガラッと変ります。

「口が濁ると愚痴になり、意志が濁ると意地になり、徳が濁ると毒になる」。

「墓が濁ると馬鹿になり、勘が濁ると癌になり、本能が濁ると煩悩になり、和尚が濁ると往生だ」。

一から二が引けるでしょうか。算数では無理ですが、国語なら大丈夫です。「市から荷を引く」。

小学生に英語を教える学校が増えています。そこで問題。

「英語は何語でしょう?」。英語は英語、英語はイングリッシュといった答えがよく返ってきますが、英語というのは日本語です。ピーナッツは何語でしょう。双児です。アップルは?　りんごです。デザートは?　食後です。

江戸時代、寺子屋教育が盛んでした。腕白小僧にまじって大の大人も読み・書き・算盤《そろばん》を学びました。こんな小噺があります。

司という字はどう書いたらいいのかと聞かれた人が、「俺はわからねえが魚屋が寺子屋へいってるから聞いてみな」。魚屋は「何だってまた、ずいぶんと説明しにくい字を聞きにきやがったなあー。おめえ同じっていう字を知ってるか？　何、知ってる？　そりゃあよかった。その同じってえ字を二枚におろして、骨のついてるほうが司よ」。

ついでにもうひとつ小噺を。

横町のご隠居さんに羽織を借りた人が返しにきて、留守なので置き手紙をしていった。戻ったご隠居がそれを読むと、お礼の言葉のあとに「七に置きました」とある。「冗談じゃないですよ。あれも寺子屋へいってるから字が書けるのはいいですが、質と書けないで七と書いてる。大事なものを借りといて、あきれたもんだよ」とぶつぶついってるところへ通りかかったその人が入ってきて、あらためて礼をいった。ご隠居が文句をいうと、「あれ、ご隠居さんも意外と無学ですねえ。それは七夕のたなと読むんですよ」。

江戸時代の教育方針です。三歳で「心」を教える。六歳で「躾」を身につけさせる（お稽古事を始める）。九歳で「言葉」を教える。十二歳で「文章」を書かせる。十五歳で「理」を教える（元服、切腹する権利を有する）。

心という字は四画です。四画もあってくっついていないのは心だけです。人は二画でくっついています。二、三、八や川、小などもくっついていませんが二画、三画です。なぜ心はついていないのか。それは親子、兄弟姉妹、師弟、いろんなつながりや間柄がありますが、人間の心はひとり一人みんな違うということを表しているからです。

顔や姿が異なるように、心もまったくバラバラです。自分で自分の心がわからないことだってあるのです。まして自分でない人の心なんて、わかるはずがありません。そうした現実を踏まえて、あるいはよく認識して、相手の心に寄り添う、みんなが心をひとつにする、ということが大事であるということを、心という字が教えているのです。

ＷＢＣ（ワールド・ベースボール・クラシック）で、日本チームが世界一の栄冠を勝ちとりました。一次リーグ、二次リーグ、そして決勝リーグへと、日本のチームは見事に心をひとつにしていきました。どの国のチームも寄せ集めです。最初から一致団結するなど望むべくもありません。一次、二次と韓国チームに敗れました。決勝リーグへの進出は九分九厘難しい状況となりました。ところが米国チーム（最強といわれ、優勝候補No.1でした）が、まさかの敗退となったのです。韓国と日本に負けたメキシコにです。米国チームに有利な判定を繰り返した審判がいて、いろんなメディアで批判されていました。それが米国の選手の心に微妙なカゲを落としたのでしょうか。あるいは自分たちがいちばん強いんだという自負心が、裏目に出たんでしょうか。選手ひとり一人の心のなかまではわかりませんが、心の持ちようで結果が左右されることはよくあります。

準決勝で日本は、三たび韓国と対戦しました。二度あることは三度ある、の言葉どおりまた負けるのか、三度目の正直という言葉どおり勝てるのか、国民の全てがハラハラドキドキしていました。結果は後者で、胸をなでおろしました。さあ決勝戦です。相手はオリンピックを含めて何度も優勝しているアマチュア最強のキューバです。しかしこれも勝ちました。「急場をしのぐことができた」という言葉遊びを考えついた人はたくさんいたことでしょう。

王監督のホームラン八六八本は世界記録です。その「世界の王」を「世界一の王」にしようと心に誓って闘った日本チームが、見事にその目標を達成しました。はじめは離れ離れだった選手の心が、ひとつにまとまっての勝利でした。WBCはすばらしい感動と、すばらしい教訓を我々に与えてくれました。世界の王座に就きました。ナンバー・ワン(王)となりました。ワンダフルです。

小型の室内犬を飼った人が「ころ」と名づけました。その「ころ」が仔犬を生みました。「ころ」の子供なので「こころ」と名づけました。やがて「こころ」が仔犬を生みました。「ころ」の孫にあたるので「まごころ」と名づけました。

言葉遊びのあれこれ

すし、鮨、寿司。日本人が「いちばん好きな食べ物は？」と聞かれたら、おそらくほとんどの人が「おすし」と答えることでしょう。お腹が一杯になっていても、鮨なら食べられるという「別腹」ナンバーワンがおすしです。このおすしにこだわって、話をすすめてみます。

その昔、ある寿司店の親爺さんが新聞にとりあげられていました。ウイスキーの水割りが流行りだしたころで、ボトルをキープする人が増えていました。がしかし、その寿司店ではウイスキーを絶対に置きませんでした。その理由を述べた親爺さんの言葉です。「最初にビールを飲むというのは、しょうがないけど許せる。その後は、つまみの刺身を食べるにしても、握り鮨を食べるにしても、お酒にするべきだ。お燗がいいのだが、一歩譲って常温でもいい。なぜなら鮨ネタは冷たい。舌を暖めて食べるから美味しいのだ。それを水割りなんか飲んで、舌を氷で冷やしていたんじゃ、本当の鮨の味なんかわかりゃしないんだ。鮨の食べ方の邪道だよ」。

なるほどと、妙に納得させられた覚えがあります。ところでお寿司屋さんで、ただのものが五つあって、いずれも最後に「り」がつくというクイズがあります。お金をとるのはネタだけというのです。答えは、①おしぼり、②あがり、③シャリ、④ガリ、⑤はばかり。

あるお寿司屋さんで、調理師二名を募集しました。大勢の職人さんが応募してきましたが採用は二名です。不合格の人たちは帰り、店の主人が採用した二名にいいました。「君たちはいたまえ」。

日本中のお寿司屋さんで働いている人が、ひとり残らずやっているスポーツがあります。ヒントは握りにあります。何かを握ってやるスポーツは、バット、ラケット、クラブの三種類があります。バットは野球、クラブはゴルフ。どうやらこの二種類ではなさそうです。残るはラケット。卓球、テニス、バドミントンのうちどれでしょう。そうテニスです。手に酢。

すし飯の上にのせて、いちばんぴったりというか、最高に合うネタは何という魚でしょうか。スズキ（酢好き）です。

落語家がひとり残らず食べたいネタは何でしょう。とり貝（トリがいい）。

ある日、けちといわれている先輩が、何を思ったか後輩数人を寿司屋へ誘ってくれました。半信半疑でみな連れ立っていきました。カウンターに座って、ビールで乾杯したそのときでした。「さあ遠慮なく食べてくれ。ただしア行はだめだ」というのです。ネタの頭の字にアイウエオがついているものは食べるな、ということです。

ア―赤貝、穴子、赤身、青柳、アワビ
イ―イカ、イクラ
ウ―ウニ
エ―エビ
オ―オオトロ

いやはや驚きました。高価なネタはみなア行に集中していることを初めて知りました。山梨県の名産品といえば、アワビの煮貝です。甘辛く煮てあるのに「ニガイ」といいます。しかも山のなかになぜ海の幸が、の疑問も生じます。武田家と北条家（小田原）の姻戚関係がわかれば謎は解けるわけですが、甲斐（貝）の国だから、ともいえます。

米国の企業と合弁会社を設立、そのオープニングセレモニーで当該企業の社長さんは英語でスピーチをしました。日本人の従業員には日本語の挨拶文が配られています。米国からみえたお客さんのためのスピーチで「サンキュー・ベルマッチ」で終わるはずなのに、もうひと言つけ加えました。「ワン・プリーズ」。演壇を降りてきた社長に秘書が聞きました。「最後に何ていったんですか?」。社長が答えました。「ひとつよろしく」。

私の体験談を。外資系企業の社員研修で講演しました。英国からきている幹部三名には同時通訳の人がついています。日本語の言葉の遊びは訳しようがないと思っていましたが、何と三名の英国人がほとんど同時に笑うのです。終わってから通訳の人の話を聞いて、感心してしまいました。どのように訳していたかというと、「いまスピーカーが面白いことをいったから、とりあえず笑っておきなさい」。


禅宗のお寺では、「不許葷酒入山門」という石碑が門のところに建てられています。葷《くん》というのは、ニラ、ニンニクなどにおいのきつい植物で、それらとお酒は修行の妨げになるからお寺へ持ち込んではならない、というのです。新潟県魚沼市の針倉山永林寺の山門には魚偏の字を四つ書いた石碑が建っています。

「鮭鮫鱈鯉」。「さけさめたらこい」、つまり酔っ払ってくるなというわけです。ユーモア和尚の異名を持つ佐藤憲雄師のアイデアです。そこへ友人の吉住義之助さん（都々逸作家の第一人者）が、観光バスでいき、酔っていたので虫偏の字を三つ書いて残してきました。

「蛇蛙蚊」（じゃかえるか）。魚偏の字が四つなのに虫偏が三つじゃ釣り合いがとれないので、私が「蝿」（はい）をつけ加えました。これらの石碑も造られています。

「おすし」を頭文字にした生き方指南の言葉があります。

おだやかに
すこやかに
しなやかに

言葉と数字の奇妙な関係

抜苦、忍苦、歓苦という言葉があります。説明しましょう。抜苦というのは文字どおり苦しみから抜け出すことです。会議中は禁煙となっています。しかしどうしても吸いたくなってしまいます。そこで会議場から抜け出します。これが抜苦です。

大事な会議ですし、途中で抜け出したりしたら、上司からどのように思われるか、査定にも響くだろうと考え、ひたすら忍耐を心がける。これが忍苦です。

ある会社の役員会議。当然のことながら禁煙です。ところが冒頭社長が「今日は煙草を吸ってもいい」といったのです。吸う人も吸わない人も一様に「えっ?」と思いました。ところが社長の次のひと言で全員が唖然となりました。「ただし吐き出すな」。

英国のバーナード・ショウという人は稀代の皮肉屋といわれていました。彼の煙草に関する意見です。「煙草をやめるなんて簡単だよ。わしはもう何十回もやめた」。

さて、歓苦です。何事にも取り組むときは、嫌々やってはいけないということです。喜々として取り組みなさいという教えです。他人の嫌がること、自分の苦手なこと、何でもいいですから歓んでやりなさい、そうすれば必ずいい結果が得られるというのです。

ある小学校で先生が「他人の嫌がることを率先してやりましょう」といいました。するとひとりの男の子が休み時間に校庭で、やたら走り回って女の子のスカートをめくっていました……?

煙草に関する話をもうひとつ。働き盛りの人で煙草は吸わないというのです。いつやめたんですか? と聞いたら「成人式の日」。

四苦八苦という言葉があります。四苦はお釈迦さまの四門出遊という故事でも有名なように、生・老・病・死のことです。仏教は中国を通して日本へ伝来しました。インドの言葉(サンスクリット語あるいはパーリー語)が中国語に翻訳されて、漢字で日本に伝わりました。それで四つの苦しみと表現されていますが、この「苦」は苦痛という意味ではありません。インドの言葉をたどってみると「思いどおりにならない」という意味なのです。生まれてくること、生きること、老いること、病を得ること、死に到ること、どれをとっても自分の思いどおりになりません。

平安時代末期に、後白河法皇という方がいらっしゃいました。源氏と平家を上手に操られた方であり、『梁塵秘抄《りょうじんひしょう》』を編まれた方でもあります。権勢を一身に集められて、何不自由のない御身の上と思われますが「意のままにならないものが三つある」とおっしゃられています。加茂川の水、賽《さい》の目、叡山の荒法師です。治水工事が十分に行えなかった時代ですから、梅雨時でも秋の長雨のときでも、よく洪水になりました。さいころの目というのも、自分の思うようには出ません。比叡山延暦寺の僧は、国家鎮護の役割をカサに着て、自分たちのいい分を通そうとご神体をかつぎ出し、何かといえば強訴《ごうそ》に及びました。

思いどおりにならないことは長い人生においていろいろとありますが、生老病死の四苦もそうだというわけです。生きていくうえで失望したり、挫折したり、絶望したりすることがあります。そういう状態を夜の九時半過ぎの東京駅といいます。「のぞみ」がないのです。

北海道から九州までJRの駅はたくさんありますが、いちばん高いところにあるのはどこでしょう。正解は「東京駅」です。すべて上《のぼ》りになります。

四苦八苦の八苦とは何でしょう。愛別離苦、怨憎会苦《おんぞうえく》、求不得苦《ぐふとくく》、五蘊盛苦《ごうんじょうく》です。生老病死とこの四つで八苦というわけです。四苦のほかに、八苦あるという意味ではありません。四苦たす四苦で八苦です。

九九で遊んでみましょう。四九（四×九）は三十六です。八九（八×九）は七十二です。これを足すと百八となります。お釈迦さまの時代に九九があったかどうかわかりませんが、見事に百八の煩悩となります。

ついでに「酒は百薬の長」についてもやってみましょう。お酒を飲むといろんな状態になります。ここでは泣き上戸と笑い上戸をとりあげます。泣き上戸の人はシクシクと泣きますから四九（四×九）三十六です。笑い上戸の人はワッハッハと豪快に笑いますからハッパ（八×八）六十四です。この二つを足すとちょうど百になります。それで百薬の長なのです。

八苦の後半の四苦を説明しましょう。

愛別離苦――お子さんに先立たれる。親御さんを看取る。あるいは親友が引っ越すなど、愛する人との別れはたくさんあります。これらも思うようにはなりません。「逢うは別れのはじめ」「始めがあれば終わりがある」の言葉どおりです。子どものころに聞いて、妙に記憶に残っている歌があります。「ズンドコ節」です。

汽車の窓から手を握り／送ってくれた女（ひと）よりも／ホームの陰で泣いていた／可愛いあの娘が忘られぬ／トコズンドコズンドコ。

怨憎会苦――虫が好かない、ウマが合わない、どうも苦手だという人がいます。相性が悪いのでしょう。それでも会わなければならないことがあります。頼みごとをしなければならない場合があります。忍の一字、辛抱の二字で通すしかないでしょう。

「人生は邂逅である」は夏目漱石の言葉です。相田みつをの詩は「その時の出逢いが、人生を根底から変えることがある。よき出逢いを」。

求不得苦――欲しいのだけれど手に入らないものは結構あります。富はその最たるものでしょう。地位とか名誉とかよき伴侶、さらには自然（旅に出る時間）。思うようにならない毎日は不足、不平、不満が山積みになっているかもしれません。しかし「吾ただ足るを知る」ことも大事ですし、「知足安分」という言葉もあります。求め合う者はお互い糸を半分つなげることとです。それが絆となるのです。晴れて結ばれたご夫婦は「赤い糸で……」といわれています。では結ばれなかった場合は何というのでしょう。「赤の他人」です。

五蘊盛苦――五蘊というのは目耳鼻口身です。視覚、聴覚、嗅覚、味覚、触覚です。こうした身体の各器官が盛んなときは盛んなときなりに、衰えてくるとまたそれなりに、思い通りにならないということです。

「身体髪膚《しんたいはっぷ》これを父母に受く、あえて毀傷《きしょう》せざるは孝の始めなり」。『孝経』の一節です。陽明学者の安岡正篤先生、子供のころはじめてこの言葉を聞いたとき、毀傷を起床だと思い込み、寝坊することが親孝行なのだと、妙に納得したと話されていました。

最新の小咄。ことしの早稲田大学は創立一二五周年。「あい」と「ゆうき」がある。福原愛ちゃんと斎藤佑樹くん。慶応と早稲田とどちらがハッピーか。当然早稲田です。「しあワセダ」。

何気ない生活の一コマ

久しぶりに痛快なセリフを耳にしました。いや、胸のすく啖呵《たんか》といったほうがいいかもしれません。山手線の車内で「座るな！　お前はただなんだ！」

私は座って本を読んでいました。昼の車内はさほど込んでいません。声を発した女性は二歳くらいの女の子を抱いて、ドア付近に立っています。リュックサックを背負った五歳くらいの男の子が、席が空いたので座ろうとしたときに、その言葉が飛んだのです。男の子は、もうしょうがないなあ、うちの母ちゃんは、といったバツの悪そうな表情を浮かべ、それでもニコニコしながら母親の側へいきました。そして次の駅で降りました。決して裕福ではないが小ざっぱりした身なりの家族でした。母親はまだ二十代でしょう。やせていて小麦色の肌をした、きりっとした顔立ちをしていました。東京は下町で生まれ、育ったのではないかと、勝手に想像してしまいました。

♪小さい秋見いつけたぁー、という童謡があります。これを電車に乗り込んできて、何とか座ろうとするおばさんの生態にあてはめて、「小さい空き見つけた」とパロッた漫才がありました。

通勤時、混雑でごった返しているターミナル駅のホームでのこと。ドーッと車内から吐き出されたかと思うと、今度はドーッと車内へ流れ込んでいきます。降りそこなった人がいて「降りまぁーす」と必死になって叫んでいます。乗れないでホームに立っている人がひと言。「乗れない奴がいるのに、降りるなんてぜいたくだ」。

車内で寝る人がいます。なかにはぐっすり寝込んでしまっている人もいます。多くの外国の人たちは、とても信じられないといいます。日本は平和で、安全がまだまだ保たれているのです。さてそこで、陸海空における居眠り三態の小咄を……。

某航空会社の機長が居眠りをして、管制官からの呼びかけに応えることができませんでした。査問委員会での答えが、「何だか心が空に浮いて、フワフワと心地よくなってしまったものですから……」。

貨物船が岸壁に衝突して、民家を三軒損壊させるという事件が起きました。「居眠りでもしていたんだろう」と追求されて、船長が答えました。「すみません。船を漕いでいました」。

電車に乗っていて、なぜ居眠りをしてしまうのか原因を探求している人がいました。そして遂にその原因を突き止めました。「線路の下に枕木があるから……」。

現代は格差社会といわれています。これを否定すると「格差ない」、隠さないとなります。同音異義です。毎日の生活のなかで、遺憾に思うことばかりが続くと胃癌になるという言葉の遊びを思いつき、辞書をひいてみましたら、遺憾の次が胃癌で、隣り合わせになっていました。

一字違うだけで、あるいは澄むと濁るで意味がまったく違ってきます。オヤジとオウジ、おいしい、こいしい、本能、煩悩。

昼はおいしい信州そばで
夜はこいしい君のそば

いいですね。とてもロマンチックです。しかし次のようないい方もあります。

男のロマン、女の不満
女の肥満、男の不満

「隣の芝生は美しい」とか「隣の芝生は青い」とか、とかく比べて羨ましがることがよくあります。自分は自分、他人さまは他人さまと割り切ることが大切なのですが、なかなかそうはいかないのが人情というものなのでしょう。そこで比較、物差し、位取り、ということについて考えてみます。

身長が高い、低い、お金がある、ない、などとすぐに比べてしまいます。やむを得ない心の動きかも知れませんが、比べてどうなるものでもありません。羨望と嫉妬の念が生まれるだけです。「足るを知る」ことが大事です。等身大の自分、ありのままがいいのです。

この間、この話をしましたら「パパは誰がいいの」と聞き返してきた子供がいました。きっと「蟻のママ」と思ったのでしょう。自慢話をしたり、自分がいかに秀でているか、偉いかを話す人がいます。自分を大きく見せたがります。しかしこれはやめたほうがいいです。自分が大きいと書くと「臭」という字になります。

比較病というのを、多かれ少なかれ誰でも持っているのですが、寅さんはまったく持っていません。松竹映画『男はつらいよ』の主人公、車寅次郎は、大会社の社長、大学教授、幼稚園の先生、印刷会社の職人、ガード下の屋台で隣り合わせた人たち、どんな立場の人たちともわけへだてなく接しています。偉ぶることもなければ卑下することもありません。まったく対等に、同じ目線で相対しています。なかなかできることではありませんが、人間として常にこうありたいものです。

「髭も卑下も自慢のうち」という言葉があります。いい得て妙です。髭をはやしている人にいいました。「お父上の遺言をしっかりと守っているんでしょう。男たる者自分に誇りを持て。決してヒゲするな」。

人はいろんな価値観を持っています。ひとり一人がそれぞれの物差し、尺度を持っています。文化・文明、国家・民族、主義・主張、歴史的な発展過程。いろんな要素がないまぜって物差しができています。「蟹は甲羅に似せて穴を掘る」といいます。自分の物差しだけで測ろうとすると無理が生じます。相手には相手の物差しがあるということを、しっかりと認識する必要があります。親子兄弟、つまり家族の間でも意見が食い違うことがあります。「おれがおれがの我を捨てて、おかげおかげのげで生きよ」と訓《さと》したお坊さんがいます。

位取りというのは、立場の強い者はどうしてもわがままを通してしまうということです。親と子供、先生と生徒、上司と部下、先輩と後輩という図式では、どうしても前者の方が強い立場にあります。となると、パワー・ハラスメントが起きやすくなります。社員が社長を怒鳴り散らす、なんてことはまずありません。大相撲の社会では先輩を「無理偏に拳骨」といってきました。正当でない鉄拳制裁が日常茶飯事というわけです。

片仮名のトの字に横の一引いて
上になったり下になったり

狂歌です。上は下、下は上の一が邪魔をして、お互いを見えにくくしています。意思の疎通がはかりにくくなっています。そのことに気づいて、思いやる心が大事になってきます。これを惻隠《そくいん》の情といいます。

ドクター・ハラスメントが起きないことを祈っています。

歴史の世界へようこそ

どんな逆境にもヒルマン監督、といいたくなる大活躍を見せてくれました。それが彼の身上（信条、新庄）なのでしょう。日本ハムファイターズは、パリーグを制し、日本シリーズを勝ち、アジア選手権でも優勝しました。「イチ、ニ、サン、シンジラレナーイ」は大流行語となりました。米国のワールドシリーズはカーディナルスが優勝しました。いぶし銀の活躍をした田口選手も「信じられない」と喜びを表していました。この二人の「しんじられない」は、みなが笑顔で迎えることができますが、まったくもって「信じられない」出来事が相次いでいます。その最たるものは、北朝鮮の核実験でしょう。私はかつて、次のような替え唄をつくりました。『金太郎』の節にのせて歌ってみてください。

核弾頭かついだ金正日
テポドンに跨り戦争の稽古
廃棄なんかしないよ
拉致ならハイ堂々

国民は食べる物がなく、疲弊のどん底にいるというのに、上層部はおいしい物を食べてぶくぶく肥っているというのは異常です。

その昔日本も、戦争に勝つためだ、の号令一下、耐乏生活を強いられました。

「贅沢は敵だ」

「欲しがりません勝つまでは」

「足らぬ足らぬは工夫が足らぬ」

といった標語があちこちに貼られていました。確かにこのとおりなのですが、お上のいうことを聞いていても、一向に事態はよくなりません。敗色濃厚となってきます。そこで庶民の感覚でまぜっかえすことになります。標語の言葉を消したり、つけ加えたりで別の意味にしてしまいます。

「贅沢は素敵だ」

「欲しがりませんカツまでは。せめて食べたやコロッケを」

「足らぬ足らぬ足らぬは夫が足らぬ」

痛烈な批判となっています。これを読んで多くの人が溜飲を下げました。


平安の昔の落首に始まり、時の権力者への抵抗の精神は、脈々と流れてきています。実に頼もしい限りです。風刺、諧謔は笑いに包まれています。宮中で盛んに行われた謎々遊びは、漢籍の素養があり、やまと言葉を豊富に知っていて、はじめてできるものです。

清少納言といえば『枕草子』と条件反射で出てきます。ではなぜこの題名となったのでしょうか。清少納言は中宮定子に仕えていました。当時は漢詩・漢文を読み書きするのは一般教養でした。今でも分類を歴史物とか戦記物とかいうように、当時も絵巻物とか史記物といっていました。司馬遷の『史記』は、上流階級の人々にこぞって読まれていました。

中宮定子から史記物の上をゆく文章を書くようにといわれた清少納言は、随筆に敷物の上にあるのは枕だとして、「枕草子」と名づけたのです。嘘だといわれそうですが、本当の話です。眉に唾をつけなくても大丈夫です。清少納言の印象は、何となく取り澄ましたところがありますが、このユーモア精神がわかると、少々和んでくるのではないでしょうか。

室町時代には能・狂言が盛んになります。真似ることは学ぶことといわれます。形態模写での表現が真髄とされます。『風姿花伝』に書かれている「秘すれば花」の言葉は、非常に奥が深いと思います。何でもかんでもあからさまにしてしまう、というのが現代の風潮ですが、決してそうではありません。隠すべきところは隠したほうがいいのです。いわなくてもいいことは、いわないほうがいいのです。寅さんの「それをいっちゃあ、おしまいよ」のセリフは、実に含蓄があります。昔の人は実にいいことをいい残しています。

「病は口から入り、禍は口から出る」。

奥床しさ、みだしなみ、惻隠の情といったものが失われてしまっています。表面を飾りたてるのではなく、内面からじわーっとにじみ出てくる美しさが、本当の美ではないでしょうか。内面を磨くほうが先決なのです。人の目の届かないところをきれいにしておく、よく手入れをしておく、といったことが大切なのです。付焼刃はすぐにはがれます。気品や品格というのは一朝一夕に身につくものではありません。名僧、高僧といわれる人の前に出ると、こちらの心も洗われるように思われます。

毎日のニュースを見たり聞いたりしていると、殺伐とした事件、汚職で捕まる人々、陰湿ないじめなどなど、心が寒くなるようなことばかりです。こういうところに出てくる人たちというのは「貧性に富んでいる」というのでしょう。

戦国時代、文字通り戦乱が相次いでいました。「朝には紅顔ありて、夕には白骨となれる」光景を随所に見ることができました。そこで大将格の人たちは「お伽衆《とぎしゅう》」を引き連れていましたし、部下たちは「ワ印」という絵を懐中にしのばせていました。ワ印のワは悪いという意味ではなく、笑いのことです。一見して頬がゆるむとか、ニンマリしたり、アハハハと笑える絵を持ち歩き、折に触れて見て、死への恐怖をやわらげていたのです。お伽衆というのは、豊臣秀吉に仕えた曽呂利新左衛門のような人をいいます。陣中にあって、笑いで大将の気分をやわらげる働きをしていました。

江戸時代、中期から後期にかけて町民文化が花開きました。歌舞伎、浄瑠璃、落語といった演《だ》し物が充実してきましたし、川柳、狂歌、都々逸という短詩型の笑文芸が盛んになりました。
支配する者とされる者という構図の時代が長く続きました。民主主義の時代では、意識の上でもそうした関係は薄れていますが、上に立つ者と下の者とでは、やはりいろんな面で受け止め方が違ってきます。「勝てば官軍」の言葉どおり、明治維新政府も庶民からは批判の対象となりました。徳川に恩を感じている人もたくさんいたでしょう。薩長土肥の風下に立つのを潔《いさぎよ》しとしない人もいたでしょう。そこで詠まれた狂歌です。

上からは明るく治むと言うけれど
治まる明と下からは読む

「明治のご一新」とすべての人々から歓迎されたわけではない様子が、この狂歌からは伝わってきます。いつの時代も、どんな時代もひとり残らず幸せになれるとは限らないのかも知れません。

旅行にでもいきましょう

わずかな疑問、ちょっとした気づきで笑いが生まれ、小咄ができる。たとえばニュースで「米国のヒル国務次官補が……」といったとする。咄嗟に「じゃあ、ヨルは何なんだ」と考える。米国のライス国務長官は、アフリカ系女性としては初めての高位に就任した。なぜ出世できたのか？　米国だから、ライスだからである。この二つの話は日本でなければ通用しない。英語でライスという場合、RとLの違いがある。米と虱《しらみ》である。間違えたら大変なことになる。

日本語の場合、漢字があるので判然と区別できる。たとえば「はし」といった場合、橋なのか端なのか箸なのかは、その場の状況と発音ですぐわかる。「このはし渡るべからず」という立札を読んで、一休さんが橋の真ん中を歩いたという故事は有名である。

しかし、最近は首をかしげたくなるような間違った発音を、平気でしているアナウンサーがいる。テレビの画面は水仙の群生地を映し出している。それを伝えるアナウンサーの発音は、どう聞いても「水洗」なのである。これではせっかくのきれいな水仙が台無しである。ついでに同じ発音を辞書で引いてみると、水線、垂涎、推選、垂線がある。

こんな小咄がある。「パンを食べているアメリカを、何で米国というんだ。お米を食べている日本を、なんでジャパンというんだ」。これも日本人しかわからない。パンは英語ではブレッドである。訳しようがない。

「人生に必要なのは、夢と希望とサムマネー」といった人がいる。「愛」も必要だと思うのだが、まあいいとしてサムマネーを漢字に転換すると作務真似、寒真似、猿真似と連想がつながっていく。

長野県の山奥の温泉では、猿の一群が湯につかりにくる。雪のなかの光景がテレビでよく放映されている。ある日、狐が湯に入っていた。これがほんとの「コン浴」である。

とても元気なご高齢の男性がニコニコして、「いやぁー若いギャル数人と混浴を楽しみましたよ」とおっしゃる。羨ましい限りですなといいながら、よくよく聞いてみると、なんのことはない「足湯」であった。まあ混浴には違いないが……。

山奥の地獄という名の温泉に
つかって人は極楽という（天遊）

鳥に因んだ小咄をつくれ、という宿題で一等になった作品。

電話で、
「こんどの連休にお宅の温泉へいきたいんですが、あいているでしょうか？」
「残念、混んどる」。

世界各地で鳥インフルエンザが問題となっている。日本でもつい最近、宮崎県で発生した。二〇〇六年イタリアのトリノで冬季オリンピックが開催されたときの小咄。
「いやあー、トリノオリンピックが近づいてきたねえ」
「インフルエンザが心配だ」。

目的地の道順を電話で聞いていて、「○○駅からバスに乗って三つ目の大場で降りてください」といわれ「大場か」とつぶやいた。大馬鹿と聞える。結婚式の披露宴で、媒酌人が新婦のことを「才媛」と紹介するが、「再縁」なのかと思ってしまう。九月一日は「防災の日」だが、亡き妻を偲ぶ日ともとれる。「亡妻の日」である。

レストランを新規開店したシェフの失敗談。前に勤めていたレストランへきてくれてた人たちのなかに混ざって、初めて見かけるご夫婦がいる。二番目の料理を運んでいって挨拶をした。

「ところで、さきほどお出しした前菜のお味はいかがだったでしょうか?」

それを聞いた奥様がきっとなって、「私は後妻です」。

「人の一生は重き荷を負うて、遠く道を行くが如し」は、徳川家康公がいった言葉と伝えられている。この後にもまだ言葉は続くのだが割愛するとして、いかにも苦労人、家康公らしい言葉である。

人生はよくマラソンやリレー、駅伝にたとえられる。孤独な走りであり、バトンやタスキを親から子へ、子から孫へと渡していくというわけである。一年三六五日を、一体何年過せるのか。人によって様々である。日本は春夏秋冬の四季があり、一年を一周四百メートルのトラックにたとえてみよう。直線が二つとゆるい曲線が二つある。春夏秋冬をどこにあてはめてもいいし、十二等分すれば生まれ月も固定できる。トラック一周を一年と考えれば、二歳になったらもう一周をスタートすることになる。しかしまったく同じところではなく、トラックを立体的に考えて「らせん」ととらえるとわかりやすい。二十歳の成人式のときは、らせん状のトラックは二十段高いところへ来ている。五十歳、七十歳と年を重ねるにつれて高くなり、つまりは天国へと近づいていることになる。「天国へ召される」、あるいは「死んだら星になる」と、いろんな民族がいい伝えてきたことを考えると、非常にわかりやすいたとえだと思う。

ロケット研究で有名だった糸川博士は、魂は確かに存在すると強調されて、この広い宇宙のどこかに、それぞれの魂が帰っていくところがあるとおっしゃっていた。真空というのは何にもない状態のことをいうのではなく、何でもかんでも全部がつまっていて、プラスとマイナスが拮抗している状態だと説明されていた。肉体が滅んだら、そこに宿っていた魂は、宇宙のどこかに、つまりこの世へきているのだから宇宙のマイナスの場所へ帰っていくのだ、この世のプラスが減るのだ、とおっしゃっていた。この説を聴いて私は、妙に安心したことを覚えている。「宇宙復帰」だと思ったからである。

我々は病気に罹《かか》ったり怪我をしたりすると病院へ入って必要な治療を受ける。入院期間の長短はあるが、治ったら退院する。学校や会社へまた出かけることができるようになる。これを「社会復帰」といっている。これと同じように魂が宇宙へ帰っていくのだから「宇宙復帰」といえるわけである。

ここで宇宙に関する小咄を。

「また宇宙にいきたくなったよ」

「前にいったことがあるのか？」

「いや以前にもいきたくなったことがあるんだ」。

雨がしきりと降っているなかを旅行する。これは「雨中旅行」だ。

医者の不養生、カッパの川流れ、そんなお話

鳥インフルエンザは、渡り鳥が原因ということで防ぎようがありませんが、パロマ、リンナイといったガス湯沸かし器の不備や不二家の期限切れ原材料の使用というのは、人為的なものであり、防ぐことができたはずです。消費者の立場からは言語道断というほかありません。

イタリアのトリノで冬季オリンピックが開かれました。日本勢は健闘空しく、荒川静香選手の金メダル一個という成績でした。そのときの小咄。

東京二十三区のなかで、いちばん閑静というか静かな区はどこだろう。ほとんどの人が

世田谷、大田、杉並といった山の手を考えますが、正解は荒川区。「荒川静か」。「手を抜けば、手がかかる」という言葉があります。実に含蓄に富んでいます。かつて雪印乳業が同じような事件を起こしました。不二家はこれを「他山の石」としないで「前車の轍」を踏んでしまったわけです。

富士山を昔「不二の高嶺」と呼んでいたことがあります。「身土不二」「物我不二」という言葉もあります。二つとないという実にいい表現なのです。不二を濁って発音すると「無事」となります。にもかかわらず不祥事を起してしまいました。まことにもって残念至極です。マスコット人形のペコちゃんとポコちゃんが可哀そうです。こんな小咄があります。

ペコちゃんがお風呂に入っていました。そうとは知らずポコちゃんがガラッと戸を開けてしまいました。ペコちゃんが思わずいいました。「見る気いー」。

サザエさんの家は波平、舟、サザエ、マスオ、カツオ、ワカメ、タラちゃんの七名。みんなでデパートへいきました。すると店員さんはワカメちゃんだけを大事にして、他のみなさんは無視されました。なぜか？　ワカメは海藻（買いそう）だから。

習うより慣れろは、原則。

慣れても狎れるなは、鉄則。

とかく我々は、この鉄則を忘れがちになります。いろんな企業の、役所の、学校の偉い方々が、横一列に並んで深々と頭を下げるシーンを、ほとんど毎日のように見せられています。「二度とこのようなことが起こらないように気をつけます」と異口同音にいっています。しかし同様の不祥事は相変わらず起こっています。「人は誰でも間違える」という言葉がありますし、「躓《つまず》いたっていいじゃないか。人間だもの」（相田みつを）という言葉もありますが、もう少しまともになってくれないかなあ、の思いはみんなの心のなかにあるのではないでしょうか。司馬遼太郎さんが心配していた『この国の行方』、藤原正彦さんが著した『国家の品格』、安倍晋三首相が提唱した『美しい国、日本』。それぞれが大事なことであり、大切な言葉です。

世の中には天邪鬼《あまのじゃく》が必ずいます。人格を陶冶《とうや》しなければ、というと「品性ならぬ貧性豊かな者には到底無理だね」と混ぜっかえされます。「鬱苦しい国」といった人もいれば、回文で「憎いし苦痛」（美しい国を逆に読む）と書いた人もいます。安倍晋三首相の肩を持つ人は、「安さが倍になれば物価が安定して、庶民が喜ぶ」、安晋は「安心」につながる、安三は「安産」に通じると、いずれも好意的に解釈します。世の中の出来事は、悪意ではなく善意に解釈したいものです。

一九九一年に『医者が癌にかかったとき』という本が出版されました。日赤医療センター外科部長の竹中文良先生が書かれた本です。直ちに購入して読みました。お坊さんが交通事故に遇ったという話を聞かないように、お医者さんが癌にかかるなんて思いもよらなかった私としては、かなり衝撃的な出来事でした。大勢の患者さんの手術をしてきた台に、ご自分ものったわけです。

竹中先生はその後、特定非営利活動法人の「ジャパン・ウェルネス」を立ち上げて、がん患者さんたちのサポートを多面的に展開する活動を続けられています。私も会員となっています。一九九三年六月の講演会では、鳥取市に「野の花診療所」を開設している徳永進院長が演述しました。診療所を開設して四年、「がんと向き合う—病床の中の出会い」が演題でした。茨木のり子の詩を朗読したり、ハモニカを吹いたり、バラエティに富んだ内容で、満場を沸かせました。かつて読んだエッセイのなかに、次のようなくだりがありました。

「末期がんの患者さんが、体力のあるうちに遠出をしたいと言われた。家族の方がしっかりつきそうならいいでしょうと許した。無事旅行から帰られて、いやぁディズニーシーはよかったですよと言われた。私はAとBはどうでしたか？　と聞いた。ランドに対してのシー、つまり海のこととはまったく知らなかったからである」。

「がんと向き合う……」講演の要旨は次の通り。

死亡診断書を見たことありますか？　ないでしょうね。死亡場所という欄があります。病院とか自宅とかとあって、最後にその他という項目があります。これが何ともいえませんね。よく畳の上で死にたいといいますが、どこだっていいじゃないですか。お遍路の途中、道端でバッタリなんて格好いいと思いますよ。どこでなければいけないなんて、こだわることはありません。近代合理主義の欠陥が、精神的風土にまで及んでいます。自己決定を焦ることはありません。自然の摂理というのがあるのです。

医療担当者が、みんなやさしくて温かくて、思いやりがあるなどと思ったら大間違いです。冷たいですよぉー。見事にクールです。でもイソギンチャクが触手にさわったもので身を震わせるように、何かの拍子に「これは何とかしてあげなければならない」と思わされることはあります。でも三割ですね。野球選手の打率と同じです。

人間の体は火山のようなものです。いつ爆発するかわからないのが、我々の体なのです。病気になる、怪我をする。ある日突然何が起こるかわからないのがこの世の中です。そしていつの日か、必ず生命が終わるのです。

生命現象の根幹は排泄です。排尿、排便。もちろんその前に、食べるという行為があります。これも大いなる喜びですが、気持ちよく排泄できたときの快感というのは、たとえようがないというか、比べようがないでしょう。みなさんおひとりお一人が、この快感を味わっていることと思います。

ニヒリズムというのは、あまり歓迎されませんが、やわらかなニヒリズム、虚無主義はいいと思います。頑張ろう、闘おう、希望に燃えよう、という勇ましさだけではなく、若干の疑いを持つことも大事です。いたずらに鼓舞されているだけではたまりません。弱々しさも必要です。

それぞれの人の人生が違うように、死に臨んでもいろんなことがあっていいと思います。多様性ですね。余命いくばくもない人たちが、焼肉を食べたい、雪を見たい、船に乗りたいなどなど、いろんな要望をしてきます。叶えられるなら極力叶えてあげたいと思います。無理だ、難しい、と断らないことが大事です。

旬《しゅん》も盛りも人それぞれ

「消費期限」と「賞味期限」の違いをご存知でしょうか。主に食料品に表示されています。消費期限とは、傷みやすい食品（おおむね五日以内）について「腐敗、変敗その他の品質の劣化に伴い安全性を欠くおそれがあると認められる期限」のことです。賞味期限は、比較的日持ちする食品（六日間以上~年単位）に表示されています。「期限を超えた場合であっても品質は保持されている」という考え方に基づいています。

医薬品には「有効期限」が表示されています。放射性医薬品は、半減期というのがはっきりしていて、有効期限は厳密に守らなければなりませんが、そのほかのほとんどの医薬品は、表示されている有効期限が切れたからといって、翌日から劇的に効かなくなるというものではありません。しかし古くなると効能効果はともかく品質面での劣化が心配です。やはり有効期限に留意することは必要でしょう。

機械などでは「耐用年数」というのがあります。未来永劫使えるという機械はありません。家庭内においても工場などにおいても、買い換える時期というのは必ずやってきます。

こうしたことを念頭に置いて、人間にあてはめての笑える話がいろいろとあります。「娘十八、番茶も出ばな」は昔からいわれてきています。いわゆる「旬」ということでしょう。男盛り女盛りという言葉もあります。「賞味期限」が切れている、といえば「盛りを過ぎている」という謙遜の場合か揶揄の場合でしょう。若くはないという意味に使われます。「有効期限」は、それよりはいくらか年長の場合を指すのでしょうか。「耐用年数」となると、かなりご高齢を対象としているのでしょう。相撲診療所で永年にわたってお相撲さんの病気を診てきたお医者さんとの会話です。

「糖尿病に罹る力士が多いので、たくさんの症例を診てきました。そこで一般の人を診ても、糖が出ているかいないか、すぐわかります」

「先生、糖が出ているはいいですが、薹《とう》が立ってるっていっちゃいけませんよ」。

青年実業家という呼称があります。私の友人はかつて、経営していた会社を手離して青年失業家といっていました。面白い表現だと思いましたが、青年というには無理がある年齢だったので、盛年といい換えるよう提案しました。

聖路加国際病院の日野原重明先生は九十五歳。とてもお元気です。院内にあってはエレベーターに乗らず、階段を二段上がりで歩いていらっしゃいます。「新老人の会」を立ち上げて、先頭に立っていらっしゃいます。講演を九十分間立ったままでこなされます。声にハリとツヤがあります。もう脱帽です。

「老いの坂」というのは上り坂なのでしょうか、下り坂なのでしょうか。日野原先生は、老い風ならぬ追い風にも恵まれて、平地をしっかりと歩いていらっしゃるように見受けられます。お稲荷さんは正一位です。「老いないさん」にも何か差し上げたいと考えて、爵位を思いつきました。伯爵ならぬ「矍鑠《かくしゃく》」です。

国内外のどこでもいいのですが、出かけた先での「滞在日数」というのがあります。有限です。「旅は帰るところがあるから楽しいんだ」といった人がいます。我が愛する寅さんは、プイッと出ていってしまっても、必ず葛飾は柴又に帰ってきました。

この世における滞在日数は、人によってみな違います。厚生労働省がこのほど発表した二〇〇五年の完全生命表によりますと、男性は七八・五六歳、女性は八五・五二歳となっています。毎年簡易生命表が発表されていますが、完全生命表というのは、国勢調査の確定人口により五年に一度作成する確定版です。この数値は前回も前年も上回って、過去最高ということです。生命表の意味するものは、二〇〇五年に生まれた赤ちゃんがここまで生きられるということで、各年数ごとに余命が表記されています。ですから六十歳の人はあと何年、八十歳の人はあと何年ということが一目瞭然で、その数値はゼロ歳児よりも当然長くなるのはおわかりいただけると思います。

「厚生労働省の発表によりますと、日本人の死亡率は百パーセントです」というジョークがあります。これを聞いて笑わなかった人がいた、といって笑ってる人がいました。「笑わなかった」のではなく「笑えなかった」のだとしたら深刻です。もうひとつジョークを。「厚生労働省が発表していない統計数字があります。長年連れ添ったご夫婦で、奥さまに先立たれた男性の平均余命は、三年以内に八割が亡くなっています。長年連れ添ったご夫婦で、ご主人に先立たれた奥さまの平均余命は、無限大です」。

俳優の丹波哲郎さんは「霊界は存在する」といって「あの世とこの世は地続きだ」を強調されていました。この世へ出てきたところへ帰るんだから、何の心配もいらないし、見送る人は祝福してあげるべきだ、ともいっていました。

江戸時代の後期、文化文政のころは町民文化が絢爛と花咲きましたが、蜀山人は次のように歌いました。

いままでは他人《ひと》のことだと思いしに
わしが死ぬとはこれはたまらん

『東海道中膝栗毛』の著者、十返舎一九の辞世の歌です。

世の中をいざおいとまに線香の
煙となりてハイ（灰）さようなら

不肖筆者が詠んだ狂歌は次のようです。

いただいたこの世の中の通行証
有効期限あと何年か

諸行無常、明日をも知れぬのが人の生命です、とわかったようなことをいいながら、いつまでも寿命があると錯覚しています。こんな川柳が新聞に載っていました。

ぽっくりと死にたいけれど今日じゃない

人の一生は長いか短いか

カラオケブームは去った、といわれていますが、根強い人気はまだまだ続いているようです。生演奏のオーケストラではない、というところから空オケといわれたわけですが、謎かけではスナックとかけて「昼間の銭湯」と解いています。そのこころは「空桶ばかり」。因みに中国語では「可拉ＯＫ」です。

カラオケで日頃のストレスを解消しよう、あるいは発散させようと考える人が多いようですが、カラオケはストレスを増幅させます。その理由をいくつか挙げてみましょう。思い当たることが多いはずです。まずなかなか自分の番が回ってきません。次に自分が歌いたいと思っている歌を先に歌われてしまうことがあります。そしてあんまり上手に歌われると、何となく腹が立ってきます。

逆に下手な人が歌っていると、よくぞまあ、あれでマイクの前に立っていられるもんだと、やはり腹が立ってきます。やっと順番がきて歌っていても、誰ひとり聴いていてくれません。歌が終っても拍手ひとつきません。これではストレスがたまる一方です。カラオケで歌うときは、自己陶酔か三昧の境地に入る気持ちになることで、間違っても「受け」を狙おうなどと思わないでください。

行きつけのスナックで、マイクロフォンを独占して次から次へと歌っているお客さんがいます。そういう人をペンギンといいます。何曲（南極）でもいいのです。

やっと順番が回ってきたオバさんが、マイクロフォンを握ってかわいらしく愛想をふりまきました。

「声の悪いところは顔でカバーしますから」

すると大向こうから声がかかりました。
「顔にカバーしてくれる……」。
漫談家の南けんじさんが、こんなときにはこの歌を歌ってはいけない、というのをいくつも考えました。それを紹介しましょう。
交通事故を起したばっかりの人の前で歌ってはいけない歌。テレサ・テンの『つぐない』
政治家のパーティで歌ってはいけない歌。中条きよしの『うそ』
新築落成した家へお祝いにいって歌ってはいけない歌。杉良太郎の『すきま風』
定年退職した夫の前で歌ってはいけない歌。サザンクロスの『足手まとい』
髪の毛が薄くて気にしている人の前で歌ってはいけない歌。美空ひばりの『乱れ髪』
退院する患者さんの前で、看護師さんたちが歌ってはいけない歌。松村和子の『帰ってこいよ』
結婚披露宴の席上で歌ってはいけない歌。淡谷のり子の『別れのブルース』、一節太郎の『浪曲子守唄』
老人ホームへ慰問にいって歌ってはいけない歌。青江三奈の『恍惚のブルース』
刑務所へ慰問にいったとき歌ってはいけない歌。大津美子の『ここに幸あり』
そのお店にヤーさんがいたら絶対に歌ってはいけない歌。伊東ゆかりの『小指の思い出』

ご高齢の方の前で歌ってはいけない歌。三沢あけみの『明日はお立ちか』

ご高齢ということになりますと、身体機能は当然のことながら衰えてきます。自分では十分に上げたつもりでも、階段で躓《つまず》いたりします。転んで捻挫や骨折をして入院し、そのまま寝たきりになってしまう人もいます。女優の森光子さんが日頃気をつけていることは、①転ばない、②風邪をひかない、③気を使い過ぎない、だそうです。

日本女性で初めて宇宙飛行士になった向井千秋さんの留意三原則は、①よく食べる、②よく動く、③よく眠る、です。

ところで人は、四つの年齢を持っているといわれています。①暦年数、②生理的年数、③精神年齢、④見かけの年齢、です。

暦年数は絶対年齢で、一年経てば一歳上になるということです。

生理的年数は、健康状態、体力、生理機能などの年齢です。体力テストをすると歴然と差が現れます。二十五歳の人は二十三歳にみられたり、二十七歳にみられたりと四歳しか開きがありませんが、六十歳になると五十五歳から六十五歳と十歳も開きが出るといわれています。

精神的年齢は、理想、情熱、未知への探究心を持っていれば、七十歳でも青年であり、情熱も希望もなければ、二十歳でも老年ということです。

見かけの年齢は、暦年、生理的、精神的を全てひっくるめての年齢です。決定的な要因は、しわ、しみ、くすみなどの皮膚の状態、顔の表情や姿勢、動作などです。高齢になると背中が丸くなってきたり、動作が緩慢になってきます。顎を引いて背筋を伸ばし、きびきびと歩くよう心がけることが大事です。

幼児、小児、児童、生徒、学生、青年、壮年、老年というのが人の一生の分け方になっています。老年のところは前期高齢者、後期高齢者と分けられています。ヤングオールド、ミドルオールド、オールドオールドという呼び名もあります。

人の一生を「性・食・眠」と分けた社会学者がいます。若いときは種族保存、子孫繁栄のために性が中心となり、中年以降は食べることに喜びを見出し、高齢になると眠ることが楽しみになる、というわけです。ではこの後はどうなるのでしょう。「永眠」です。

インドには「四住期」という考え方があります。学生期《がくしょうき》、家住期《かじゅうき》、林住期《りんじゅうき》、遊行期《ゆぎょうき》の四期間です。学生期は、人生について学ぶ若い時代の期間です。家住期は、家族や社会のために全力を傾注して働く期間です。日本ではさしずめ「社住期」といったほうがいいかも知れません。林住期は、後輩や後進に道を譲りながら、新しいもうひとつの自分自身の人生を探す期間です。瞑想と祈りの人生に入っていきます。遊行期は、聖地を巡礼して、人生の真実を訪ねる期間です。日本でなら四国の霊場八十八ヵ所をお遍路となって巡礼することにあたるのでしょうか。

そういえば松竹映画『男はつらいよ』の第四十九作は、副題が『寅次郎花へんろ』で、高知県四万十川が舞台になることになっていました。渥美清さんの急逝で映画にはなりませんでしたが、これで我が愛する寅さんがいっていない県は高知県と富山県ということになりました。四十八作で富山がロケ地に決まっていたのですが、阪神淡路大震災で「ぜひ神戸に寅さんを」運動が繰りひろげられ、富山は後回しとなったのです。

サミエル・ウルマンの「青春」という詩があります。全文を紹介する紙数がありませんが、要約した人がいて、私もようやく覚えましたので書いてみましょう。

青春とは
人生の或る期間を言うのではなく
心の様相を言うのである
優れた創造力
燃ゆる情熱などの
様相を言うのである
人は希望と共に若く
失望と共に老いる

移り変わる時代の象徴と言葉の表記

三種の神器とは、八咫鏡（やたのかがみ）、天叢雲剣（あめのむらくものつるぎ）、八坂瓊曲玉（やさかにのまがたま）のことです。これがすらすらと出てくる人は、今一体どのくらいいるでしょうか。七十歳以下の人では、まず難しいと思います。歴史を研究している人か、古代史に興味のある人以外は、ほとんどの人がわからないでしょう。『広辞苑』には「皇位の標識として歴代の天皇が受け継いだ三つの宝物」と記されています。

さて、この三つの宝物ですが、行方が定かでなくなったときがあります。源平の壇ノ浦での戦いの折、安徳天皇とともに海中に沈んでしまったと伝えられています。建武の中興の後、南朝と北朝に分かれての争いが続いた折も、所在が不分明になったといわれます。

歴史上の人物にインタビューするという小噺です。記者が後醍醐天皇に「陛下、このごろお耳の具合がよろしくないとお聞きしましたが」と問うと、陛下は「うむ、朕は難聴（南朝）である」とお答えになった。

楠木正成は千早城や赤坂城に籠って、鎌倉の大軍を見事撃退しましたが、何といっても難攻（楠公）不落だからです。

東京の真ん中はどこでしょう。宮城前広場の楠木正成の銅像があるところです。「嗚呼忠臣（中心）」と書いてあります。

新田義貞とかけて、蚊帳《かや》の外に出た足と解きます。「足利（足蚊が）攻める」。

昭和三十年代に三種の神器といわれたのは、白黒テレビ、洗濯機、冷蔵庫でした。高度成長期には三Cとなります。頭文字にすべてCがつきます。カー、クーラー、カラーテレビです。今流行りのCDは、コンパクト・ディスクの頭文字ですが、小噺にすると次のようになります。

CDの前はレコード全盛の時代でした。SPとかLPとか、ポピュラー、歌謡曲、民謡からクラシックまで、みなさん大いに楽しんだものです。名曲喫茶があちこちにありました。そのレコードにはA面とB面があります。そのあとに出てきたからCDなのです。つまりABCD。

成田空港での集合場所は「Eカウンター」との連絡を受けて、思わず「悪いカウンターもあるのか」とつぶやいていました。

プチエロとかチョイ悪おやじとかが流行語になっています。昔は「エッチ」といっていました。遠回しにいう場合は「エイトマン」とか「GIセンター」でした。アルファベットでHは八番目にあり、GとIの間にあるからです。

動物園の動物たちも、夜行性は別として夜になると一様に眠ります。そして寝息をたてることがあるでしょう。ズー（ZOO）ズーズーです。

現在の三種の神器は、薄型テレビ、デジタルカメラ、DVD録画再生機・デジタル多用途ディスクだそうです。昭和から平成の今日まで、生活環境はダイナミックに変化してきました。その変化に、心も体もついていけなくなった人たちが、数多く出てきたような気がしてなりません。妙な事故や事件が起きています。およそ信じられないようなことが、相次いで起こっています。とても一笑に付すどころか、顔も心も凍りついてしまうような出来事の連続です。

医療の世界でコンプライアンス（これも頭文字はCです）というと、患者さんに処方・調剤された薬をちゃんと飲むように、と「服薬指導」の意味で使われます。一般的には「法令順守」です。ただし、ただ法律を守っていればいいという意味だけではなく、社会規範や倫理を守ることも含まれています。人倫の道を踏みはずさない、ということです。この観点に立ってみますと、個人も企業も違反する事例がワンサと出てきています。

自爆テロ、銃撃殺人、子殺し親殺し、通り魔殺人、強盗殺人などなどが日常茶飯事となっている感があります。原発事故、牛肉の偽装、生保の不払い、自動車のリコール隠し、期限切れの原材料使用、列車の暴走、国費の不正使用、権限の乱用、虚偽申告、介護費用の不正請求など、枚挙にいとまがありません。まさに人道地に堕ちたりです。責任ある地位の人たちが、横一列になって「申しわけありませんでした」と一斉に頭を下げるシーンを、いやというほど見せられています。「二度とこのようなことのないように」というセリフも、耳にタコができるほど聞かされています。

「イナバウアー真似てギックリ腰になり」という川柳がありますが、連日のように逆イナバウアーを見ています。

各省庁から外郭団体や民間企業への天下りを是正しようという動きがあります。こんな小咄ができました。

新任の局長が、休日のたびにせっせとハングライダーに取り組んでいます。部下が「ご熱心ですね」とお世辞をいうと、局長は真顔で「天下りの練習だよ」。

東京学芸大学の山田昌弘教授は、新入生や新社会人に、プラスアルファの能力を持つようにとすすめています。それは三Cです。クリエイティブ、コミュニケーション、クールです。

クリエイティブとは創造力、創造性です。誰も思いつかないような商品やシステムを考えつく能力です。新しい物は、既存のものにちょっと工夫を加えたり、組み合わせたりすることから生まれます。それならば豊富な知識を体系的に身につけることが大事になってきます。教養を深めることです。

コミュニケーション力とは、他の人が何をほしがっているのかを感じとれる能力です。これは豊富な人間関係のなかで養われ、培われます。

クールとは、美的センスです。美的センスとは、何がクール（かっこいい）で、何がクールでないかを判別できる能力です。美しいものや、かっこいいものに多く触れることで、この能力は磨かれます。

その人が本来持っている素質や基礎学力の上に、この三Cのうちのどれかひとつでもいいから身につけることができれば、社会で能力を発揮する機会に恵まれると、山田教授は指摘しています。

コミュニケーションは双方向です。一方通行ではありません。その昔ある企業の社長が全社員にホウレン草を一束ずつ配りました。今月の目標として社員同士の上下左右の風通しをよくしようというのです。「報告・連絡・相談を密に」、つまり報連相です。

意思の疎通は、こちらが糸の半分を投げ、相手も糸の半分を投げることで成立します。片方だけが投げてもダメで、双方が投げなければなおさらダメです。糸へんに半と書くと「絆《きずな》」という字になります。

現代都々逸作家 自選集

あたり一面菜の花畑 中を一団駈けて行く
逢瀬重ねて百歳《ももとせ》千歳《ちとせ》 想い萬《よろず》の天の川
一歩踏み出す勇気がなくて 遠い昔に散った恋
かけた相手は留守番電話 何も言わずに受話器置く
馬鹿の振りなど馬鹿馬鹿しいが 馬鹿を通さにゃ馬鹿をみる
時雨蛤つまみに買って 妻と二人の長夜酒
締めたつもりのガス栓鍵が なぜか気になり戻る家
トラはネコ科でマタタビが好き 寅さん最後のまた旅へ
混んだ車内に盲導犬が 坐るあたりのあたたかさ
冷めたうどんがぽつんとあって 一人暮らしの長電話

松井天遊

笑いは百薬の長

笑薬、五つの効用

酒癖の悪い人がいます。飲みすぎてたまに悪くなるのなら許せますが、飲むとのべつまくなしという人がいます。執拗にからむ、くだを巻くという人です。

毎晩深酒を続ければ、肝臓をはじめいろいろな臓器に支障が起きます。当然入院ということになります。さんざんくだを巻いていた人が、今度は体中に管を巻かれることになります。それでも懲りずに、看護師さんに「点滴のなかにお酒を入れて」と頼んでいるとか、いないとか。

酒は百薬の長といわれます。適量を守ればそうなりますが、度を越せば身体にいいわけがありません。

「酒を飲む人花なら蕾、今日もさけさけ明日もさけ」という都々逸《どどいつ》があります。これはきれいな表現でかわいらしく感じられます。

「酒飲みは奴豆腐にさも似たり、はじめ四角で末はぐずぐず」は狂歌です。

もうひとつ「酒のない国へ行きたい二日酔い、また三日目に戻ってきたい」。お酒が好きな人の心情をよく表現しています。

初めは人が酒を飲んでいて、中頃には酒が酒を飲み始めて、おしまいのころは酒が人を飲んでいる、ともいわれます。こうなったら、もう何が何だかわからなくなっています。

ところで笑いも百薬の長といわれます。漢方薬の原料を生薬といいますが、こちらは「笑薬」といっていいでしょう。薬に副作用はつきものですが、笑薬に限っていえば「福作用」というほうが適切です。

その笑薬の効用を挙げてみますと、次の五項目となります。

①血液の循環をよくする、②新陳代謝を促進する、③腹式呼吸となる、④自分と周囲を陽気にする、⑤免疫機能を活性化する。

①血液の循環をよくする方法は、運動と入浴、笑いの三種類です。心臓はポンプの役割で血液を勢いよく拍出しています。新鮮な酸素と栄養分を体のすみずみまでゆきわたらせるためです。

②血行がよければ自ずから新陳代謝が促進されます。

③普通は胸式呼吸をしていますが、これは浅い呼吸法です。歌をうたったり、笑ったり、大きな声を出して、ときには腹式呼吸をして横隔膜を広げましょう。一日に百回の深呼吸を励行している人がいます。

④明るい笑顔は家のなかの太陽である、ということわざがあります。折にふれてお腹の底から大きな声で笑うことが大切です。

⑤血液のなかには白血球、リンパ球、マクロファージ、ナチュラル・キラー細胞などの免疫機能を持った物質があります。これらは笑うことによって活性化されます。このことは世界の医学界で実証されています。詳しいことはおいおいお伝えしていきます。

一九九五年十二月、胃がん（ステージⅢ）で胃の下部を三分の二切除しました。私もがん患者のひとりです。川柳、狂歌を詠み、小噺を考える笑文芸作家のひとりでもあります。

空の上には何がある

ＮＨＫの『ラジオ深夜便』に出演しました。二〇〇四年早々の一月五、六日の両日、午前四時五分から四十五分間。テーマは本稿とまったく同じ「笑いは百薬の長」でした。

さすがはＮＨＫ。北は北海道から南は沖縄県まで、全国津々浦々から反響がありました。友人、知人はいうまでもなく、見知らぬ人々からも感想が寄せられ、聞き損なったところがあるので、もう一度聴きたいので、という理由からテープを求める声が数多く届きました。いいご縁をいただいた、お蔭さまでと、感謝の毎日となりました。ＮＨＫのサービスセンターへ電話しましたら、視聴者センターをはじめ関係部局へも多くの電話が入っており、ＣＤ化も検討しているとのことでした。私は「ぜひＣＤ化してください、拡売に協力しますから」とお願いしました。

海の上には空があります。では空の上には何がありますか。普通に考えれば月とか星とか雲とかという答えが出てきますが、ソラの上にはシドがあるのが正解です。音階のことをいってるわけです。この問題は結構知っている人がいます。

そこで次の設問を考えました。ではソラの下には何がありますか。海から出発していますからウミと答えても面白くありません。シドの逆でミファと答えても新鮮味がありません。意表をつく面白い第三の答えがほしいところです。正解はマメです。天豆《そらまめ》となります。

虚を衝かれる、意表を衝かれると、つい笑ってしまいます。志水彰先生（精神医学）はこれを「緊張緩和の笑い」と分類しています。ハテ何だろうと考えて（緊張して）、それがわかったとき（緩和したとき）、はじけるように笑いが湧いてくるというのです。志水先生はこのほかに「快の笑い」「社交上の笑い」がある——と笑いを三分類しています。

快の笑いは、文字どおり楽しい愉快だというときに湧いてきます。結婚式の披露宴会場がまさにそれに当たります。コングラチュレーション、おめでとうの気持ちが満ちあふれて、みなにこにこしています。

社交上の笑いは、久しぶりに会った友達同士や親族間の挨拶に伴う笑いです。やはり和《なご》やかな表情で、笑みを浮かべて言葉を交わすことになります。初対面の挨拶でも、なるべく親しみをこめて言葉を発することになります。

ところで、古今東西を通じていちばんよく効く薬は何ですか、と聞くと現代ではほとんどの人が「抗生物質」と答えます。たしかにそうなんですが、ジョークとしての正解は「鼻薬」です。昔も今も鼻薬を嗅がせる（贈賄する）とよく効きます。しかし、この場合の副作用はかなり強烈ですから要注意です。

コンピューターに下駄が入ってる

日本には四季があります。春夏秋冬それぞれの季節に咲く花、穫《と》れる野菜、獲《と》れる魚があります。いわゆる旬です。しかし、このごろはハウス栽培が盛んに行われ、養殖も行われているので季節感が失われてきています。

笑いにも旬があります。時宜《じぎ》に適した笑いです。たとえば、『誹風柳多留』に載っている川柳はよく知られています。

孝行のしたい時分に親はなし

平均寿命が四十歳代の江戸時代だったら共感を呼びますが、八十歳代の現代では通用しなくなっています。今つくられている川柳は、チトえげつないものです。

孝行をし飽きてるのに親がいる

孝行をしたくないのに四人いる
孝行をするもしないも金次第

いやはやまさに人情紙風船の感がありますが、このごろはその紙風船を見かけなくなりました。

子供が遊ぶ玩具や用具もどんどん変わっています。気象庁の天気予報がよく当たるようになったのは、コンピューターに下駄《げた》を入れたからだ――という小噺がありますが、若い人に下駄って何ですかと聞かれてしまいました。下駄をポーンと空へ投げ上げて、どんな形で地面に落ちるかによって明日の天気を占ったものですが、下駄そのものを見かけなくなったのでは、わかりようもありません。

終戦後、日本の復興に尽力した吉田茂という総理大臣がいました。なかなかのユーモリストでした。冬の寒い朝、街角で演説していましたら聴衆のひとりから「コートを着たまま演説するとは失礼だ」と非難されました。吉田さんはニッコリ笑って「これが街頭（外套）演説です」と答えました。新聞記者から健康の秘訣を聞かれたときは「私は人を食っていますから」と笑いながら答えたといわれています。

外套という言葉は現代では通用しないでしょうが、「人を食ってる」は今でも通用すると思います。竹下登元首相の「ほめ殺し事件」は完全に風化してしまったのではないでしょうか。

小泉首相が北朝鮮を訪問したときにできた謎かけがあります。小泉首相とかけて一流の料亭の板前さんと解く。その心は「訪朝（包丁）一本にかける」。

田中真紀子さんが、かつて小泉さんを「変人」といったことがあるのを、どれだけの人が憶えているでしょう。首相候補三人を軍人（梶山）、凡人（小渕）、変人（小泉）と表現したのでしたが……。

九十八歳の元気なおばあちゃんに、お孫さんが「あと二年頑張れば小泉さんから表彰状がもらえるよ」といわれて、当のおばあちゃん「わたしゃ大丈夫だけど小泉さんは持つかねぇ」といったとか……。

「イラクは暗い」は回文です。これを入れた狂歌があります。

今日もまたイラクは暗いままだけど
日の丸行けば明るくなるか

笑いの品質管理

奈良の薬師寺は毎月一回、東京・日本橋の三越本店六階の三越劇場で『まごころ説法』を開催しています。いろんな分野で活躍されている方一名と安田暎胤管長が一時間ずつ話されます。ある日、安田管長が話された三膳のご飯がとても印象に残りました。

三つの茶碗にご飯をよそって別々に置きます。一つ目のご飯には「ありがとう、ありがとう」をいい続けます。二つ目のご飯には「バカヤロー、バカヤロー」といい続けます。三つ目のご飯には何も声をかけません。その結果、一つ目のご飯は黄色く変色しましたが腐りませんでした。二つ目のご飯は黒く変色して腐ってきました。三つ目のご飯は、いちばん先に腐ってきました。

この話を聞いて、私はインドでご活躍されたマザー・テレサの言葉を思い出しました。「愛の反対語は憎しみではない。無関心である、無視である」。フランスのシャンソンの歌詞にもあります。本当に哀しい女は、恋人に捨てられた女ではない、愛する人と死別した女でもない、誰からも顧みられない、無視され、無関心でいられる女である、というのです。子供たちのイジメでも、ただひとり仲間外れにされるのが本当に怖いということです。「人」という字は、支え支えられているように書きます。「人間は社会的な動物である」という言葉もあります。村八分といいますが、二分は何かというと火事と葬儀です。その村社会で制裁を受けている身でも、火急のときは助け合うという掟《おきて》です。

掟で思い出したアラブの笑い話があります。今、世界の注目を集めているイラクの西側にシリア、ヨルダンという国があります。そしてさらにイスラエルがあります。その砂漠地帯に死海と呼ばれる湖があります。塩分の濃度が高いので、生き物が棲めないというところから死の海の呼称がつけられました。その死海で何と、釣り糸を垂れている老人がいました。通りがかった人がびっくりして「何か釣れるんですか」と聞きますと、「砂漠には砂漠の掟があるんだ」という答えが返ってきました。「どんな掟なんですか」と聞くと、「ただでは教えられない」という答え。そこで、何がしかのお金を差し出すと「今日はお前さんで十五匹目だ」とその老人は笑いながらいいました。

意表をつかれると、つい笑ってしまいます。福井県の人は食事のときお代わりをしません。一膳（越前）の国。無銭飲食でつかまった男。お巡りさんから「初めてではないだろう」と詰問されると、「すみません旦那、前科五犯（ご飯）です」。女児を連れ回したり、女性を脅したりと、軽はずみなことをするお巡りさんが増えてきました。そういうのは軽率官といいます。

こういう言葉の遊びを駄洒落だ、といって嫌う人がいます。そこで笑いの質を高めたいと切磋琢磨しているのが、笑文芸集団の「有遊会」です。ＱＯＬは「生活の質」「生命の質」と訳されています。私たちの場合のＱＯＬはクオリティ・オブ・ラフ、つまり笑いの質です。駄洒落と片付けられてしまうのではなく、ザ・シャレといわれるような笑いにしたいと思います。

健康のためなら死んでもいい

「人間は身体の健康と心の平和から」という言葉があります。「健全なる精神は健全なる肉体に宿る」という言葉もあります。後者は古代ギリシャの都市国家のひとつ、スパルタでいわれた言葉で、勇者を鼓舞するにはいいが、弱者は斬り捨てるという意に通じるのではないかと、批判的に受け止められる場合があるようです。

言葉というのは本当に難しいと思います。額面通りに受け取ればどうってことはないのに、裏を見たり深読みしたりという場合が出てきます。ジョークやユーモアとして受け止めればいいのですが、ちょっとした言葉が過ぎたり足りなかったりで、争いに発展してしまうこともあります。

『アンナと王様』という題の映画がありました。接続詞の「と」をとってしまいますと「あんな王様」と聞こえます。政治家をていねいに呼んで「お」をつけると「お世辞家」と聞こえます。「お釈迦さま」の「さま」を取ってしまうと「おしゃか」です。

さて、健康に話を戻しましょう。昔、ある新聞社を訪ねましたら、ちょうど年末闘争の真っ最中で、いろんな標語が壁に貼られていました。そのなかで、うまいなあーと思って記憶に残ったのは「原稿より健康」でした。

心も体も健康であることは誰もが望むことですが、健康を保つことに留意している、努力しているという人は意外と少ないようです。水や空気と同じように、健康体は当たり前と思っているのでしょう。なかには「生きていること自体健康に悪いんだよ」と悟っている人がいるかと思うと、「健康のためなら死んでもいい」とあべこべの考え方をしている人もいます。「ご趣味は?」と聞かれて「生きていることです」と答えた豪の者もいます。「いのち」というのは本当に不思議です。「生きている」ことを実感し「健《すこ》やかに生きる」ことがいかに大切かに思いを致すとき、自ずから感謝の気持ち、喜びの心が湧いてくると思います。いのちは自分のものではなく、お預かりしたものであるとの認識が大切であると、仏教では説いています。

支払いをしようとして、財布から一万円札を取り出しましたが、つい落としてしまった。それを拾います。自分の物だからです。傘をぶらぶらさせていて落としてしまった。拾います。自分の物だからです。

では、生命を落としたら拾えるでしょうか。拾えません。自分の物なら拾えるはずですが、拾えないということは自分の物ではないからです。いのちはいただいたもの、お預かりしたものなのです。

生まれ落ちたら死出の旅です。誰もが等しく確実に死へ向かって進んでいます。例外はありません。平均寿命が延びているといっても限度があります。種田山頭火が句を残しています。

さくらさくら咲くさくら散るさくら

一怒一老、一笑一若

聞き間違えたり、読み間違えたりで、ひとりで笑ってしまう場合があります。高齢になったからかなとも思いますが、年齢には関係なく起こることかと思います。

あるご夫婦、朝食に目玉焼きを一個ずつ食べています。ある朝奥さまが食べたくなかったので「ねぇあなた、かためでいい?」と聞きました。すると旦那さまの答えは「やわらかめにしてくれ」でした。

朝刊一面の下段に書籍の広告が並んでいます、そのなかのひとつに『目白の心理』というのがありました。目白の住人としては、この本はどうしても読まなくてはならないと思いました。しかし何で「目白の心理」なのだろうと、もういちどよく見ましたら『自白の心理』でした。

山手線のある駅でのことです。階段の上から電車が停まっているのが見えました。駆け降りれば間に合うかもしれません。しかし、足がもつれて転んだりしては、みっともないだけでなく骨折する恐れもあります。友人と二人、次の電車でもいいよといい合って降りていきました。が動く気配がありません。電車に乗りました。すると車掌さんのアナウンスが聞こえてきました。「ご病人がひとりいらっしゃいます。搬送してから発車します」。

そのとき咄嗟に思ったのは「ご病（五秒）人が二人なら重病（十秒）人だな」でした。そして狂歌ができました。

ご病（五秒）人二人になれば重病（十秒）人

一病（一秒）引けば急病（九秒）人だ

言葉の連想で笑いが生まれます。日本だけでなく、どこの国でも同音異義での笑いはあると思います。江戸時代は地口《じぐち》といいました。今は駄洒落といわれ、若干蔑まれている感があります。

「終戦後、浅草寺は戦争寺と間違えられたことがある」。「山奥の温泉に狐が入っている。これが本当のコン浴」。おじんギャグ、親爺ギャグともいわれ、おおサムイなどと冷やかされますが、笑いのイロハ、第一歩はここにあります。質の高い笑いを目指すことは大事ですが、最初は同音異義の笑いでいいのです。めげず臆せず笑いにチャレンジしてください。とにもかくにも「笑う門には福来たる」ですし、「一怒一老、一笑一若」なのです。

「笑ってる場合じゃない」ときに笑うのは不謹慎だといわれてしまいますが、笑い声が絶えず聞こえているのは平和な証拠です。心にゆとりがあるからこそ、笑いが生まれるのです。『旧約聖書』の箴言《しんげん》に「喜びに満ち溢れた心は、薬のようによい働きをする」と書かれています。笑いが免疫機能を活性化するという医学的な実験結果は、数多く発表されています。「笑顔に勝る化粧なし」の言葉もあります。笑いは心と体の美容と健康に、とてもよい影響を与えてくれるのです。大いに笑って、毎日を過ごしましょう。

ヒヤリハットは事故防止

笑うと体内に快的ホルモン（β－エンドルフィン）が分泌され、血液中の免疫物質（白血球、リンパ球、NK細胞など）が活性化される、といったことを研究するのが「精神神経免疫学」です。こう書き出すと、何だか難しい話になりそうだ、と思われるでしょうが、ご安心あれ、やさしくて楽しいお話です。NK細胞とは、ナチュラル・キラー細胞のことで、がん細胞と闘ってくれます。

中央群馬脳神経外科病院の院長は中島英雄先生。れっきとしたお医者さんなのですが、何と落語家の真打ちでもあります。名刺には「医者もできる噺家」と書かれています。毎月の最終土曜日の午後は、病院内のひと室《へや》で寄席が開かれます。患者さん、その家族、近所の住民のみなさんが押しかけて、満員の盛況となります。中央から一流の芸人さんを呼び、中島先生ご自身も一席うかがいます。高座から患者さんの様子を観察し、一方では機械、器具を使っての測定も行います。エビデンス・ベースド・メディシンといって、科学的根拠に基づいた調査を積み重ね、データを収集して、それを治療に生かそうという試みです。

中島先生の師匠は、先般亡くなられた桂文治さん。落語芸術協会の会長をも務められました。中島先生の芸名は桂前治。文治師匠の弟子なので治の字を使い、病院の所在地が前橋というところからつけられました。全治何週間という表現がありますが、これを前治にかけているのかもしれません。

中島先生が最初に落語を聞いたのは、まだ小さかったころでした。文治師匠が伸治といっていた時代で、話の内容はよくわからないのですが、大勢の大人がドーッ、ドーッと笑うのを聞いていて、絶対噺家になろうと思ったそうです。

縁あって医学の道に進みましたが、高校でも大学でも落研《おちけん》、つまり落語研究会をつくって精進を重ねました。医学の研修よりも落語の修業のほうがずーっと長いのです。そこで「長くやっているほうは間違えません」と周囲を笑わせます。

医療の現場では、緊張していることのほうが多いと思われるのですが、笑いのタネも結構あるようです。看護師さんが『ギネスブック』のことを『ギブスブック』といってしまったり、患者さんが「CTスキャンダルを受けにきました」といったり、あるいは「今日は芋洗いにきました」というので、よくよく話を聞いてみると「MRI」のことだったり、といった具合です。

『人は誰でも間違える』という標題の本があります。米国で出版され、大反響を呼びました。それを日本医学ジャーナリスト協会のメンバーが翻訳したものです。医療事故を起こさないよう、安全管理にひとり一人が留意しよう、ということが豊富な事例を基に書かれています。医師や看護師も人間ですから間違えることがあります。ヒヤリとしたりハットしたりすることがあるわけです。患者さんの生死に関わることですから、より慎重に、細心の注意を払って作業に取り組む必要があります。そこでこんな言葉がつくられています。

「ヒヤリハットはどんな帽子？」

「ヒヤリハットは事故防止」。

商は笑なり、商売笑売

NHK『ラジオ深夜便』の余波がまだ続いています。ありがたいことです。感謝です。放送直後からいろいろな電話がかかってくるようになりました。友人からのFAXは「目覚ましをかけておいて、起きて聞いたがまた眠ってしまった。これがほんとの寝笑月」というものでした。

ＣＤの発売が二月二十五日。購入して聞いていただいた方たちからの反響が増えました。「街角ウォッチング」「路地裏探検隊」という言葉を聞くことがあります。日常生活の身近なところに、思わぬ発見をすることがあるというのです。いわれてみればまったくそのとおりで、面白い場面に遭遇することがままあります。立派な店構えの居酒屋さんの店先に幟《のぼり》が一本立っています。そこには何と「門外不出の屋台味」とありました。

都内某盛り場の一角に、ラーメン屋さんが数軒あります。「玄武」「無敵屋」「げんこつ」などと武張《ぶば》った勇ましい店名です。そこへ「ばんから」という店が出てきました。店名を書いたプラカードを持って立っている若い人に思わず聞いてしまいました。「ばんからっていうのに、どうして昼間から立っているの……」。

ある雑貨屋さんに「得だ値」という張り紙がありました。安売りとかセールとかのありきたりの表現ではなく「特ダネ」に通じるいい方になっているので感心しました。

石川県金沢市へいったときのこと。おいしい「うどん屋」さんがあると教えられていきました。一之江町というところです。月曜日だったため休業日で食べることができなかったのですが、ぜひ機会を見つけていきたいと思わされました。「笑培処」と書いてあったからです。店のご主人に会ってみたいじゃないですか。関西には「商は笑なり、商売笑売」という言葉があると知っていましたが、笑いを培《つちか》う処というのには感服いたしました。日本笑い学会の会長、井上宏先生（関西大学教授）は、笑いを四つに分けています。親和、誘引、浄化、解放の四作用です。

親和作用――相互の緊張を解く。ともに笑い合って気持ちが和《やわ》らぐ。ユーモアを通じて親密感が増す。

誘引作用――仕事で面白い人と出会えると楽しい。愛想のいいオバちゃんがいる、あるいは冗談のうまいオッちゃんがいる、と知れただけでその店へお客さんがくる。笑いには人を引っ張る力がある。

浄化作用――溜まっている毒素を洗い流す力がある。苦境や困難を笑いのめせればしめたものである。笑えば荷（心のおもり）が軽くなる。

解放作用――頭を柔軟にする働きがある。笑いはものの見方を相対化する。ゆとりを持って眺めることを可能にする。

僕は毎晩見てるけど……

二〇〇三年は暑い夏でした。熱いといったほうが正確かもしれません。日本列島ならぬ

「日本熱島」でした。「心頭を滅却すれば火もまた涼し」の快川和尚の故知にならえば、毎日ただで天然のサウナに入っているようで、ラッキーと思えばいいということになります。無料なのですから感無量といったところです。

熱中症で倒れた人が数多く出ました。牛も倒れたそうです。それでモー暑というのです。狂牛病の騒ぎがあって、一時期牛肉が敬遠されました。そんな折に「当店の牛肉は絶対安心です」と書いた貼り紙の店がありました。それならと入ったお客さん、食べてみて「絶対安心はいいけれど、何だか水っぽいよ」と店の主人にいいました。すると主人の答えは「へい、水牛の肉です」。

どこの国の言葉にも、同音異義があります。それが笑いのタネとなります。秋田の女性と結婚した男性のセリフ。「うちのカミさんは秋田」。しかし聞いているほうが「飽きた」と受け止める可能性があります。当のご本人のカミさんが聞いたら、怒り出すこと必定です。東北の三大祭りは仙台の七夕、秋田の竿灯、青森のねぶたです。夏の風物詩としてテレビで実況中継されます。青森のねぶたは、大きな山車《だし》に勇壮な武者絵が描かれていて、鈴をつけた「はねと」が「らっせら、らっせら、らっせ、らっせ、らっせら」と、はねて、とんで、踊るというものです。東京のあるご夫婦がそのテレビ中継を見ていました。奥さまが「一度でいいから、ねぶたを生で見てみたい」とおっしゃいました。すると隣にいたご主人がぽつりと「僕は毎晩見てるけど……」。このあとのお二人の会話がどのようなものになったか、おおよそ想像がおつきになると思います。
スポーツ新聞の一面に、プロ野球の有名選手の結婚式の記事が載っていました。二人とも和服の晴れ姿で、その写真がでかでかと載っています。あるご夫婦の会話です。奥さんが「プロ野球選手の奥さんって、どうしてこんなに美人なんでしょう」。ご主人「ごめんね。僕がプロ野球の選手でなくて……」。このあときっと修羅場になったことでしょう。
「だんだら」という言葉遊びがあります。五・七・五の中七に同音異義をはさむ遊びです。ちなみに最初の五を上五、最後の五を下五といいます。

よく見れば寝台車だよ驚いた

夜行列車には寝台車が連結されています。よく見ようが見まいが、驚くほどのことはありません。しかし「死んだ医者」となれば驚くのも無理はありません。

これからは書く仕事などいけません

ワープロ、パソコン、Eメールの時代です。手書きでコツコツの時代ではなくなっていますから、なるほどと受け止められますが、でもハテナです。書く仕事ではなく隠しごとなのです。

日本は自信たっぷり火の国だ

これも一読してわかりかねますが、地震たっぷりということであれば納得できます。

寅さんにはアツミがある

笑いの質を高めるべく日夜努力を続けているつもりですが、受ける受けない、出来不出来と、そのときそのときで違います。同じジョークでも聞き手が違うと反応も違います。『男はつらいよ』を四十八作も製作した山田洋次監督も、その点について言及しています。いろいろな映画館で寅さんを観ていますが、土地によって笑う箇所が違うというのです。

寅さんの映画は、人情の機微に触れるストーリーですから、泣いて笑って、笑って泣いてと、コクがあるというか奥行きがあります。その秘密は何かというと「アツミがある」。

その昔、お涙頂戴の映画がよくつくられました。代表的なのが母物でした。薄倖の母と子の物語です。三倍泣けますというキャッチフレーズで『三人の母』という映画もありました。泣いても笑っても涙が出てきます。それは人間の脳の前頭葉に悲しさを感じるところと、おかしさを感じるところが隣り合わせになっているからだそうです。子供のころ、映画の悲しい場面を見て泣くのに二通りあるといわれたことを覚えています。ただ単にかわいそうだと同情して泣く場合と、身につまされて泣く場合とです。「涙とともにパンを食べた者でなければ、人生の本当の味はわからない」とトルストイはいっています。

笑いは百薬の長

真夏日、熱帯夜、アテネ時間と二〇〇三年の夏は三重苦だったという人がいました。日照時間が十分で果物も穀物も豊作の秋を迎えることができました。お祭りは一段と賑やかで活気づいていることでしょう。縁日に出会うと、つい寅さんがどこかにいるのではと思ってしまいます。ファンクラブとしては、渥美清さんは亡くなられたけれど、寅さんは今でも日本全国のどこかを旅していると考えています。

毎年八月四日の命日には、東京・新宿の源慶寺へお墓参りにいっています。松竹の社員の方たち、ファンクラブの人たち二十人くらいが集まります。この年は何と山田洋次監督も見えてくださいました。さらに渥美さんの奥さまの正子さんともお会いすることができました。かつて私がつくった都々逸を思い出しました。

トラはネコ科でマタタビが好き
寅さん最後のまた旅へ

都々逸は七七七五の二十六文字です。映画のなかで寅さんも盛んにいっていました。

あなた百までわしゃ九十九まで
ともに白髪の生えるまで

これは有名な文句ですからどなたでもご存知でしょう。寅さんはこれをもじって次のようにいっていました。

あなた百までわしゃ九十九まで

ともにシラミのたかるまで

これではあまりにも汚いというので、我々の仲間がつくったのがあります。あまりほめられた出来というか内容ではありませんが……。

あなた百までわしゃ九十九まで
ともに二人は生きられない

一斗二升五合

焼き芋あるいは蒸かし芋のおいしい季節になりました。秋の夜長という表現があります。人は誰でも平等に老いてゆきます。この三つの現象をひとくくりにした川柳があります。

ふけるのは芋と夜長とこのあたし

ことほど左様に、人がいちばん年齢《とし》をとる季節は秋ということになります。春夏秋冬四つの季節があるのに、何で秋なのかという疑問を持たれる方もいるでしょう。でも、みなさん『旅愁』という歌を思い出してください。

「ふけゆく秋の夜……」なのです。

四つの季節のなかで、いちばん思い出が多いのは夏です。「なつかしい……」といいます。いちばん緊張するのは春です。「気がはる……」といいます。体がかゆくなるのは、水虫の季節などですが、冬でもかゆい人がいます。それは「不愉快」です。

居酒屋などで「春夏冬二升五合」と書いた貼り紙をご覧になったことがあるでしょう。四季のうち秋がありません。秋無いです。二升は升《ます》二つでますます、五合は一升の半分で半升、それで「商いはますます繁昌」と読みます。「一斗二升五合」と書いてあるお店もあります。二升五合はもうおわかりですね。では一斗は何か。一斗は十升、五升の倍です。そこで「ご商売ますます繁昌」となります。

大阪の淀川キリスト教病院に、柏木哲夫先生という医師がいます。医師の仕事というのは、病人や怪我人を治して社会復帰させることが主目的のはずです。ところが柏木先生は終末期の患者さんを診ているので、看取るというか見送ることばかりなのです。すでに二千五百人余の人々と別れを告げているそうです。これはかなり辛いことです。そこで先生は川柳にトライしてみました。

食卓で愚痴を聞いてるパンの耳
赤ちゃんの真剣な顔ウンチだな
よく眠りすっきり目覚めた講演会

なかなかの出来栄えです。取り組んでからまだ日が浅いというのに、立派な作品ができています。他の人からも笑いと共感を得られれば嬉しくなります。励みにもなります。そこで柏木先生は患者さんたちにも川柳をつくることを勧めました。楽しいですよ、ぜひつくりましょう、と呼びかけていきました。

患者さんのなかに俳句の世界では名の知られた方がいました。その人にもついうっかり勧めて、次の瞬間しまったと思い、申し訳ないと謝りました。俳句の宗匠は「どうぞ気にしないでください」といってくれて、柏木先生もホッと胸をなで下ろしました。ところが二、三日後、その俳句の宗匠が柏木先生を訪ねてきて「私も川柳をやります」といったのです。柏木先生はびっくりして、その理由を聞きました。宗匠の返事は次のようなものでした。

「俳句というのは春夏秋冬それぞれに季語というものがあります。しかし川柳は自由です。何も制約がありません。つまり四季がないのです」。

おわかりでしょうか。宗匠は四季、つまり死期がないという掛け言葉に気がついたのです。

言葉遊びのイロハは同音異義です。方角の東という発音は、干菓子と同じです。学校の先生に贈るのは和菓子（わが師）の恩となります。

長持ちする花、ロングラン

ハワイへいってきました。常夏の島です。九月二十九日〜十月三日、あの猛暑の日本がようやく涼しくなりかけたころにいったのですから、ハワイの蒸し暑さは身にこたえました。

生の蘭の花飾りを首にかけてもらいました。ズシリとした重みがあります。かけてもらうとき、お辞儀をするというか頭を下げます。それでレイ（礼）というのでしょうか。

原住民の人たちには虫歯がひとりもいないそうです。それで「歯はいい」というのでしょう。

パールハーバーの名の由来は、昔ここで真珠がたくさん採れたからだそうです。軍港になって、今はたったひとつしか残っていないそうです。真珠ワン（湾）。

ハワイ八島を統一したカメハメハ大王の名はよく知られています。カは接頭語で、特に意味はないとのことです。メハメハは寂しい人、孤独な人という意味だそうです。ところが、大王には二十一人もの妃がいました。「矛盾しています」とはガイドさんの感懐でした。

ところで蘭の花ですが、数多くある花々のなかで、いちばん長持ちするのがランです。それでロングランといいます。

一度咲いたら、三年は持つといいましたら、いくら何でもそれはオーバーだといわれました。胡蝶（誇張）ランです。

ランは洋花です。いつのころに日本へ渡来したのか。二説あります。室町時代と飛鳥時代です。応仁の乱か壬申の乱。

『醒睡笑《せいすいしょう》』という本があります。「おのずから睡りを醒まして笑う」という意味の本で、寛永五（一六二八）年に刊行されました。著者は、安楽庵策伝《あんらくあんさくでん》というお坊さんです。我が国最初の笑話集といわれ、古今の書籍に載っている笑話、世間に伝えられている笑話、あるいは自作の笑話を取りまとめたもので、全八巻からなっています。古典落語には、『醒睡笑』からとった話がいくつかあります。現代語訳の本も数社から出版されていますので、興味のある方はどうぞお求めになってみてはいかがでしょう。

安楽庵策伝という方は、八十九歳で亡くなられました。当時としては大変ご長命であったといえます。天文二十三（一五五四）年に生まれ、寛永十九（一六四二）年まで生きられました。室町幕府の第十三代将軍、足利義輝の時代から徳川幕府の第三代将軍、徳川家光の時代までですから、大変な時代を生き通したことになります。生まれは美濃国ですが、安楽庵というお寺は京都にあります。織田信長、豊臣秀吉、徳川家康という三人の天下人と同じ空の下で生き抜かれたわけです。
三人の英傑の性格を歌った歌があります。
鳴かぬなら殺してしまえホトトギス　信長
鳴かぬなら鳴かせてみせようホトトギス　秀吉
鳴かぬなら鳴くまで待とうホトトギス　家康
後世の人がこのように詠んだわけですが、なかなかどうして、いい得て妙だと思います。
鳴かぬならそれもまたよしホトトギス
という歌があることを最近知りました。誰が詠んだのでしょうか。松下幸之助さんです。世の中思い通りにいかないのが常です。達観の境地と受け止めました。

夜間稲刈りコシヒカリ

「天変地異」という言葉があります。二〇〇四（平成十六）年は「地球は生きている」をつくづくと実感させられた年でした。古来「地震、雷、火事、親爺」と恐いものの序列がいい伝えられてきました。自然現象が三つに人間がひとり。何か違和感がありました。本当は「大やまじ」であることを知りました。大風のことです。今なら台風です。この大やまじが親爺へと転訛したと考えられますが、何か意図があってのことで、自然発生的とは思われないフシがあります。家父長制の権威を保つためだったのではないでしょうか。しかし現在は、おやじの権威、威厳は地に落ちてしまっています。

こんな小噺があります。

パパがもうじき帰ってくるので、小学校低学年の娘を留守番にしてママはお使いに出ました。やはり心配なので娘に電話をしました。

「○○ちゃん、パパいる?」

「いらない」。

粗大ゴミとか濡れ落ち葉といわれているのもお父さんです。これもサラリーマン川柳。

粗大ゴミ朝出したのに夜戻る

いやはやまったくカタなしです。それもこれも、ばっかり人生を送ってきたからではないでしょうか。若いときは勉強ばっかり、社会に出たら仕事ばっかり、定年退職したら暇ばっかり。こんな一生では、死に臨んでがっかりすること請合いです。単線人生はいけません。複線か複々線か、とにかく一度しかない人生なのですから、悔いを残さないように多様に多彩に生きたいものです。趣味を持ちましょう。頭でも体でも、とにかく動かすことを心がけることです。道草も薬草の一種です。そして百人一趣でもあるのです。

さて本題に戻ります。記録的な猛暑が続き、大型台風が相次いで上陸し、浅間山が噴火して、中越地震が起きました。雷がとどろいて、たまに落ちるのは毎年のことです。これで恐い自然現象が揃い踏みとなりました。「天災は忘れたころにやってくる」は寺田寅彦の言葉ですが、何とか「禁無断天災」というわけにはいかないものでしょうか。もうひとついわせてもらえば「惨事制限」です。

時により過ぐれば民の嘆きなり
八大龍王雨やめ給え

源実朝の歌です。大雨や長雨は田畑を水浸しにし、家を流し、人命をも奪います。その被害は計り知れません。日照り、台風、火山灰で農作物に大きな被害が出ました。野菜の値段が高騰して、笑うに笑えない現象が起きています。野菜嫌いの子供が親孝行だと誉められたり、スキヤキではいつもと逆でお肉をたくさん食べなさいといわれたり、ベジタリアンが音を上げるといった具合です。

新潟県の稲作地帯の話です。台風がこのまま進むと、明日には襲来するとわかりました。今夜中に稲刈りをしなければなりませんが、照明設備がありません。そこで村中の懐中電灯を集めて腰にぶら下げ稲刈りをしました。これが本当の「コシヒカリ」です。

顔と心

『人は誰でも間違える』という題の本があります。医療過誤の防止を呼びかけた内容です。日常生活のなかで、道を間違えたり、調味料の量を間違えたり、いろいろな場面で間違いを起こしています。そこが人間の人間たる所以《ゆえん》といってしまえばいいわけですが、生命に直接関わりを持つ医療の現場では、そうした間違いが起こらないよう、起こってしまったとしても最小限の被害にとどめるよう、細心の注意を払い、最善の努力を尽くすことが大事になってきます。

ところで、看護婦さんという呼称が看護師さんとなりましたが、これによって偉い人の格が下がってしまいました。婦（府）長さんが師（市）長さんになってしまったのです。

見間違えたり聞き間違えたりすることがよくあります。高齢になるにしたがって、その頻度は高まるのでしょうか。ことしの冬は「ノロウイルス」が悪さをしています。字を見れば一目瞭然なのですが、耳から聞くと勘違いする人が出てきそうです。受信料の支払いを拒否されているＮＨＫの集金人たちは「呪う居留守」と聞こえるのではないでしょうか。連載記事のタイトルが「おいくらですか」となっているのを「おいらくですか」と読んでしまいました。

「シャンテ・シネ」という映画館があるとのことですが「ちゃんと死ね」と聞こえました。若い娘さんでも聞き間違えることがあります。もっとも、状況を考えると無理もないなあと思います。のど自慢大会で鐘が三つ鳴ったのです。合格です。有頂天になったのでしょう。アナウンサーの「おところとお名前をどうぞ」の言葉に、何と彼氏の名前をいってしまったのです。「男の名前をどうぞ」と聞こえたのでしょうね。それにしても、何かできすぎた話のようにも思います。

これは実際にあった話です。区役所で書類にハンコが必要なのに捺《お》してなかったので、「なければ拇印でいいですよ」と係の人からいわれて、やおら胸をはだけようとした若い女性がいたとか……。

失敗したり間違えたりすると、人は不機嫌になります。本人はもちろん、周りの関係者も不愉快になります。この不機嫌、不愉快、不満足を「がん」の三大症状と見立てました。心の動きは顔の表情に現れます。特に眼は雄弁に物語ります。顔も眼も音読みすれば「がん」です。

「目は口ほどに物をいい」という言葉があります。次のような優美な歌もあります。

忍ぶれど色に出でにけりわが恋は
物や想うと人の問うまで

顔は面《おも》ともいいますから、表です。心はうらと読みますから裏となります。裏の動きが表に出るのが、人間というものなのでしょう。

奇跡から鬼籍まで

虎の門病院の講堂で、冲中重雄先生（第二代院長）の文章と出会いました。短い文章です。うまいとか上手という字ではありませんが、味のある、人柄が偲ばれる書体で書かれていて、額に納められています。

「書かれた医学は、過去の医学である。目前で悩む患者の中に、明日の医学の教科書の中身がある」。

今の医学・医療は、日進月歩というよりも秒進分歩といってもいいくらいの速さで進歩しています。「今」という瞬間は、アッという間に過去となっていきます。かつて日本医師会の会長として厚生省（現厚生労働省）と事あるごとに対峙していた武見太郎先生も「法律というのはできた瞬間から古くなるんだ」と、よくいっていらっしゃいました。

日本の歴史上の神主さんで、いちばん長生きをした人は誰でしょう？　鴨長明（長命）ですが、彼の書いた『方丈記』にも「往く川の流れは絶えずして、しかも元の水にあらず」という一節があります。

ですから「今を生きる」「自分を生きる」「生き抜く力と息抜く智恵」が大事になってきます。生まれ落ちたら死出の旅、といわれています。誕生から往生までの旅です。その間は何かといえば、養生でしょう。心の養生、体の養生をはかって、明るく元気に朗らかに毎日を暮らしていくことです。

長命を祈る間も減る命

まさしくこの通りです。この世に生を受けるということは奇跡であるとお釈迦さまはおっしゃっています。「大海の一針」という表現を使っていらっしゃいます。広くて深い海で、一本の針を見つけるような確率で、やっと生命を授かるのだというのです。

そのせっかくの生命、かけがえのない生命、たったひとつしかない生命をなぜに粗末にするのでしょうか。毎日のように自殺、他殺のニュースが流れていて、どれがどれだか区別がつかないくらい次から次へと事件が起きています。事故で亡くなる人もいます。昔は七里ヶ浜で遭難した十二人の学生の霊を慰めるために『真白き富士の嶺』という名曲を生み出しましたが、今はまったくそうした風情は失われています。

奇跡で生まれて、死ぬと鬼籍に入るといいます。では、その途中は何というのでしょう。軌跡です。

キセキという発音にこだわるならば、落語や漫才を楽しめる寄席《よせ》も、キセキと読むことができます。誕生、養生、往生であり、奇跡、軌跡、鬼籍です。そのなかに寄席があってもいいじゃあないですか。

ところで、歴史上のお坊さんでいちばん丈夫だったのは誰でしょうか。それは兼好（健康）法師です。

高齢者とスイミング

ＮＨＫの朝の連続テレビドラマ『わかば』で、おばあさん役の南田洋子が口癖のようにいっていた言葉が耳に残っている。

「生きちょるだけで丸儲け」。

私が東京へ出てきたというか、帰ってきたのは一九五三（昭和二十八）年三月。父の生家がある富山県の山村へ疎開したのが、一九四四（昭和十九）年八月だから九年ぶりということになる。二〇〇五年四月に合併で富山市となった。山には熊が棲んでいる。そこで一句。

合併で熊も市民になったベアー

卒業した小学校はとっくに廃校となっている。同級生は十三名。「二十四の瞳」より二つ瞳が多い。現在六名の消息が不明である。

早稲田鶴巻町の商店に住み込みで働くこととなり、夜は定時制高校へ通う生活となった。ある日自転車に乗って近隣の地理を覚えようと走り回っていたら、飯田橋の東京厚生年金病院のところへ出た。大変な人だかりである。何事ならんと人混みをかき分けていくと、映画のロケの真っ最中。白衣を着て看護婦の役に扮していたのが、南田洋子、木村勢津子の両女優だった。きれいだった。美しかった。「うっとり」という表現は、こういうときに使うのであろう。「白衣の天使」という言葉がまだ濃厚に残っている時代だった。何という映画だったのか覚えていないし、たぶん観てもいなかったと思うが、なぜか大映の映画であったことは記憶に残っている。月日の経つのは早いもの、あのきれいで可憐であった南田洋子が、おばあさんの役である。時は誠に無残である。

おばあさん役では、沢村貞子に面白いエピソードがある。晩年、やはりいろんなドラマで老け役が回ってきて忙しくてしょうがない。そこでである。プロデューサーに「私ばっかりにおばあさんの役をやらせないで、ほかの女優さんにもやってもらいなさいよ」といった。すると彼は次のように答えた。

「沢村さん、老婆は一日にしてならず、ですよ」。

上前淳一郎氏の『読むクスリ』の一節に、福岡のスイミングクラブの出来事がある。その話に尾鰭がついたので紹介したい。

ある日、ご高齢の女性がスイミングクラブを訪ねてきた。指導員が「泳いだことはありますか?」と聞くと「ない」という。「なぜ泳ごうと思われるのですか?」と質問すると、「聞くところによると、三途の川というところがあるらしい。そこを泳いで渡りたい」とのこと。指導員はすっかり嬉しくなって「人間の体は水に浮くようにできています。まず浮く練習をしましょう。浮くことができたら、貴女が泳ぎやすいスタイルをひとつ選んで、それを練習しましょう。泳げるようになれば距離も長くなります。せっかくですからターンの練習もしてみましょう。ひょっとして向こう岸から帰ってこられるかもしれません」。この話を午後のシニアクラスで伝えると、クラスの全員が真剣にターンの練習をし始めた。

夕刻、ご高齢の女性の家のお嫁さんがやってきて、指導員にお願いした。「うちの義母に、ターンの練習だけはさせないでください」。

ユーモアと含蓄

川柳がブームになっているようです。ほとんどの新聞、雑誌に川柳欄がありますし、いろんなテーマで川柳が募集されています。最も有名なのは「サラリーマン川柳」でしょうか。秀逸句を集めて、毎年本にもなっています。二十一世紀に残したいサラ川ベストテンの第一位は次のような句でした。

プロポーズあの日に戻ってことわりたい

風刺、諧謔の短詩型には都々逸や狂歌もありますが、川柳人口に比べればかなり数が少ないといえます。川柳は五七五の十七文字ですから、俳句人口が多いように、とっつきやすいのかもしれません。

都々逸は七七七五の二十六文字、狂歌は五七五七七の三十一文字ですから、歌をつくるというか詠むのに、余分に苦労がかかるのかもしれません。

自然現象や社会状況、人情の機微などを、タテ、ヨコ、ナナメ、いろいろと視点を変えてみることによって笑いが生まれてきます。深刻な状況も笑いのオブラートに包んだり、ストレートに笑い飛ばしたりして、緩和することができます。次のような会話はその典型といえるでしょう。

中国人留学生がかなりいるところで「中国は矛盾しているね」といいました。その場にサッと緊張が走りました。

「だって朝から晩までデモをしているのに、半日（反日）デモっていっているよ」。

これではじけるように笑いが巻き起こりました。一歩引いて物事を見る、判断するということが大事です。せっぱ詰まったままではなく、ゆとりを持つことが大切です。

気に入らぬ風もあろうに柳かな

幕末の臨済宗のお坊さん、仙厓義梵の一句です。一休さんの再来といわれた人で、ユーモア溢れる言動からのエピソードは、数限りなく残っています。

これも含蓄に富んだ一句です。

驕るなよ月の丸いも一夜だけ

『平家物語』の冒頭を連想します。人情の機微をうがった川柳は、江戸時代にたくさんつくられています。

江戸っ子の生まれぞこない金を貯め

泣く泣くも良い方をとる形見分け

イラクに派遣された自衛隊のサマワ基地でも川柳を募集しました。

テロよりも言葉の壁が我の敵

酒飲めずかわりにタバコ倍になる

体感は暑いというより熱いんです

花粉症、マンション生活、子育てなどなどをテーマに川柳を募集するところも出てきました。いずれも賞金がついていますから、応募するほうも励みがあるというものです。子育て川柳の父親編と母親編を見てみると、やはり母親編のほうがいいように思われます。

電話口はしゃぐ声聞き即帰宅

ただいまで駆け寄る笑顔膝あたり

泣き声がしたかと何度もシャワー止め

早く寝て今日こそ会いたいヨン様に
やっと寝た！あとはこの腕どう抜くか
笑ってる無垢な瞳に勇気湧く

旬の笑い、古典の笑い

林家こぶ平改め九代目林家正蔵の「御練《おねり》」が、上野から浅草にかけて行われました。警察の調べでは、何と十六万七千人もの人が沿道で祝福したといいます。これをもって落語ブームだとはいい切れないようですが、若い人たちが寄席に関心を持ち始めたことは確かなようです。人気脚本家の宮藤官九郎作の、古典落語を下敷きにした『タイガー&ドラゴン』というテレビドラマが、ブームの後押しをしているともいわれています。

二〇〇五年の夏、東西の人気落語家による『大銀座落語会』が開かれました。落語界の活性化を目指して、小朝、鶴瓶、こぶ平（現正蔵）、昇太、志の輔、花緑が結成した「六人の会」の主催です。大盛況となり、大きな反響を呼びました。翌年も七月十六〜十八日の三日間、銀座の数会場で開かれました。関西から五十人もの落語家が大挙出演し、迎え撃つ東京勢は落語以外のジャンルの人たちも出演しました。低料金（千〜二千円）の魅力も手伝ってか、またまた大成功を収めました。

笑いの種類は、いろんな分け方がありますが、そのなかで旬の笑いと普遍的な笑いとに分ける方法があります。旬というのは、今は笑える、あるいはその場では笑えたが、時間が経ったり場所が違ったりしたら笑えないというものです。普遍的な笑いというのは、完成されているというか、練り上げられている古典落語のように、いつでもどこでも笑えるというものです。一過性の笑いと、いつまでも色褪せない笑い、ということになるのでしょうか。旬の笑いには時事ネタが多く、普遍的な笑いには人情の機微をうがったものが多くあります。例を挙げてみましょう。

まずは旬の笑いです。

バブル全盛期に財テクという言葉が流行しました。謎かけで財テクは水割だ、と解きました。その心は、グラスに氷とウイスキーと水を入れて、マドラーでかき回すので、氷回り（高利回り）。

低利の現在では、あまり笑えない話です。日銀の前総裁、速水さんが講演で「通帳のシミかとみれば利子だった」という川柳を読んで失笑を買いました。

次は普遍的笑いです。

靴下とかけて人生と解く。その心は、長い人もあれば短い人もあり、なかにははかない人もある。

普通、謎かけの答えはひとつです。それがこの場合、三つも出ています。すごいです。しかもいつの時代にも通用します。答えが二つ出ている例もあります。

新聞とかけてお坊さんと解く。その心は、今朝（袈裟）きて今日（経）読む。

日本語には同音異義語がたくさんあります。ですから、このような謎かけに限らず、いろんな場面で言葉遊びを楽しむことができます。どうぞ読者のみなさまも大いに日本語で遊んでください。タイトルにあるとおり「笑いは百薬の長」なのですから。

最近の出来事で、言葉遊びをしてみましょう。若貴兄弟の争いは、何とか早く終わってほしいと思う人が多いようです。そこで考えました。

「派手にやっているけど最初だけだよ。端《はな》だけ（花田家）っていうだろ……」。

老後に備えて……

「ユーモア倶楽部」というのが昔ありました。ユーモアという言葉の意味はどなたでもご存知でしょう。しかしこの倶楽部には、もうひとつの意味が込められていました。ユーは英語で「あなた」のことです。モアはフランス語で「わたし」のことです。そこで「あなたとわたしの倶楽部」という意味もあったわけです。

「びしょう女クラブ」をつくった方がいます。耳から聞く限りでは「美少女」と理解します。ところが会員資格に年齢制限がありません。ハテな？　です。字に書いてみましょう。「美笑女クラブ」なのです。「笑顔に勝る化粧なし」という言葉があります。美しく笑える女性なら誰でも入会できるわけです。ならば「美笑年クラブ」もつくろうではありませんか。

「明るい笑顔は家の中の太陽である」という言葉があります。笑いのあるところ争いは起こりません。明るく楽しく、心から笑える日々であってほしいものです。

石津謙介さんが亡くなりました。九十三歳。アイビー・ルックで一世を風靡しましたが、晩年貧乏のどん底に落ちました。それでもビシッと背筋が伸びていて「悠貧ダンディズム」を標榜していました。八十歳を少し過ぎられたころに、うかがった話が忘れられません。

「この歳になると、性欲はほとんどありません。しかし、女欲はあります。食事をするのも、映画や芝居を観るのも、女性と一緒のほうが楽しいでしょう。今、私には六人のガールフレンドがいます。二十代、三十代、四十代、五十代、六十代、七十代にひとりずついます。八十代は家にいます」。

たくまざるユーモアです。実にお洒落です。こうしたゆとりがほしいものです。

百二十歳と二三七日生きられて、ギネスブックにも載った泉重千代さんも、ユーモアを身につけていらっしゃいました。百二十歳の誕生日に、内外の記者団が徳之島へ押しかけました。その折の一問一答が何ともいえない内容となっています。

「健康の秘訣は何ですか?」

「毎晩黒糖焼酎を飲むことです」

「長生きの秘訣は何ですか?」

「死ぬまで生きてることです」

「どんな女性が好きですか?」

「年上の女性がいいですなぁ」。

名古屋の「きんさん、ぎんさん」も人気者になりました。百歳の誕生日に知事と市長がお祝いの品を届けにいって、NHKのテレビがその模様を放映しました。「お元気で長生きしてください」の言葉に、きんさんは、

「こんな面白い世の中、そう簡単にくたばってたまるかい」

と答えました。このキャラが受けて報道陣の寵児となりました。出演料その他で、年間収入が五千万円となり、半分は福祉に寄附し、残り半分を二等分したのですが、それでも大変な金額です。「何に使いますか?」のマスコミからの問いに「老後の備えにとっておきます」と答えたのですから、大受けになりました。たくまざるユーモアは、実に清々しいです。

ところで、きんさんは富山市に住んでいたことがあります。「富山のきんさん」です。

元気の秘訣は飲む、打つ、買う

「笑い」が、いくら体にいい、健康にいいからといっても、職業柄笑ってはいけない人たちがいます。葬儀屋さん、裁判官、産婦人科医です。

お通夜、告別式は、しめやかに、おごそかに執り行われます。時には談笑している人たちを見かけますが、葬儀屋さんは間違っても白い歯を見せるわけにはいきません。

裁判官も同様です。にっこり笑って「死刑」なんて宣告しようものなら、大ブーイングが起こるでしょう。

産婦人科のお医者さんも、謹厳実直を地でいかなければなりません。ニタニタしていたら、誰も寄りつかないでしょう。

ご高齢の男性で、とても元気のいい方がいます。「元気の秘訣は?」と聞きますと、「飲む、打つ、買うの三拍子を実践している」という返事。思わず目をむいてしまいましたが、よくよく聞いてみると納得です。

飲む、というのは薬です。何種類もあるそうです。

打つ、というのはハリだそうです。頭も体もシャキッとするそうです。

買う、というのは宝くじ。いまだに当たったことはないそうですが、「千円やそこらで二億円当てようってんだから、料簡が悪いやね」とカンラカラカラ笑い飛ばしていました。

ところで宝くじを別名「たぬき」というのをご存知ですか。「たからくじ」という言葉から「た」を抜くと、残りは「からくじ」になります。当たらないわけです。

熱中症というのは、真夏日の外でばかり起こるのではありません。室内でご高齢の男性が、クラシック・パンツ一枚で倒れていました。「越中症」です。

夕食は久しぶりにビーフシチューと聞いたご主人、調理している奥さまにいいました。

「よくかき混ぜることが肝心。手前に引くようにするんだ。シチューひきまわし……」。

外出から帰ってきたご主人、元気よく「ただいま！」といったまではよかったが、

「あっいけない、杖を忘れてきた」

と、あわてて取りに戻っていった。それを聞いていた奥さまが、

「あらいやだ。あの人ったら杖なしじや歩けないってことまで忘れているよ……」。

このごろの小学生は結構言葉遊びをしているようです。「蜂は東西南北のどこから飛んでくるでしょう」。正解は西（二×四＝八）です。

失敗は誰にでもあります。人生に失敗はつきものです。最近の三大失態です。

その一、日本道路公団の幹部が、橋梁談合の罪で相次いで逮捕されました。原因は「危

ない橋を渡り過ぎた」。

その二、石油保管基地のタンクのひとつに亀裂が入り、油が洩れていました。担当者がそれに気がつくのが遅れましたが、原因は「油を売っていた」。

その三、ある動物園で孔雀が逃げ出しました。原因は「飼育係が羽を伸ばしていた」。

立ち読み禁止

滑車、いとぐるまのことを轆轤《ろくろ》といいます。これに首をつけると「ろくろっくび」、長く伸びて出る首（を持った化け物）となります。昔、見世物小屋には必ずといっていいほど、この「ろくろっくび」がありました。恐い物見たさで、母にせがんで小屋へ入ったことがあります。どういう仕掛けになっているのか、確かに下にあった顔がすーっと上に上がっていって、首が伸びました。

翌朝母が「ゆうべ遅く銭湯へいったら、ろくろっくびの姉さんがきてたよ」といったのを、今でもはっきり覚えています。「首は長くなかったよ」の言葉も。

芸事や習い事は、六歳の六月六日に始めるとよい、ということは何となく知っていました。それが、このろくろっくびにつながっているということは、つい最近になって知りました。六六（ろくろく）の語呂合わせで、（才能が）伸びる、という意味にかけているのだそうです。

町内会のマラソン大会が開かれて、お風呂屋さんが優勝しました。先頭（銭湯）です。アメリカ人がお風呂屋さんにきて一ドル札を出しました。「ノー」と断られました。二ドル三ドルと出しても断られるので、「ホワイ？」と聞きましたら、「うちはセント（銭湯）です」。

英語にONとOFFという単語があります。どこの温泉地だったか忘れましたが、看板に「ON泉、OFF呂」と書いてあるのを見て、感心した覚えがあります。

日本人の平均寿命は世界一といわれています。その秘訣はお風呂が好きだからといいます。「不老（風呂）長寿」です。

外国語を発音するのに、自国語に当てはめるというか、なぞらえて覚えることがあります。たとえば中国語で北京は「ベイジン」といいますが、日本語の米人（ベイジン）の発音とそっくりです。再見は日本語の財慈円の発音に近いです。

日本へくることになったアメリカ人、ありがとうは「アリゲータ」（ワニ）といえばいいと教えられてきました。ところが、コロッと忘れてしまい、ワニのことだと思い出して、クロコダイルといいました。おはようは「オハイオ」という地名をいえばいいと教わりました。これも忘れてしまって、いちばん上がオだったことを思い出し、オクラホマといいました。何かに関連づけて覚えることはグッド・アイデアですが、忘れてしまったら何にもなりません。
パソコン全盛の時代となりました。そこで語変換ならぬ誤変換が横行しています。異体字が痛い痔、昼夜兼行が昼夜健康。間違っているほうに共感を覚えてしまう場合もあります。

見に来てくれて有難う（ミニ着てくれて有難う）
帰省中で渋滞だ（寄生虫で重体だ）
おやつ買わないと（親使わないと）
経済波及効果（経済は急降下）
今年から海外に住み始めました（今年から貝が胃に住み始めました）
菜食主義者は英語で「ベジタリアン」。近頃の若者は、やたら地べたに座り込んでいるので「地ベタリアン」といった人がいます。あるコンビニ内で座り込んで雑誌を読んでいる若者が数人。「立ち読み禁止」の貼り紙のせい？

骨折は骨が折れる

高齢者の三大不安は、

①寝たきり

②ボケる

③孤独

という調査結果が発表されました。

「果報は寝て待て」の言葉がありますが、これは血気にはやりがちな青壮年期の行動を戒めるものであって、老い先短い者にとっては、そんな悠長なことはいっていられません。一度寝たきりになると、二度と起き上がれなくなるかもしれません。介護保険は機能していますが、介護力という点を見ますと、まだまだ不足不備です。自助努力で、寝たきりにならないよう注意することが肝要です。それにはまず転ばないことです。骨折しないことです。苦労するのを「骨が折れる」といいます。実際に骨を折ってしまうと、それ以上に骨が折れることになります。

誰もがボケたくないと思っています。しかし、いまだに原因がわかっていないアルツハイマー型のボケ（認知症）は、全体の半数を占めています。脳血管疾患が原因のボケは約三割です。進行を遅らせる薬はありますが、治す薬はまだありません。十年以内に開発される見通しは立っていません。ですから、今は必死に頑張って、何とか十年間はボケないようにしましょう。そうすれば治療薬に巡り会えることになります。

漫才ではボケとツッコミという役割があります。承知でボケているわけです。

ボケの上に「と」をつけて「とぼける」というのも、正真正銘の正気です。毎日の生活のなかで、たまには「ボケーッ」とするのはいいものです。

こんな小噺はどうでしょう。「ボケというのは母方の遺伝子である。母系社会という」。

孤独は個毒と書き直すことができます。ひとりぼっちになって悲しみに浸る、というのは青春時代のことです。高齢になっての孤独はいけません。心にも体にも毒です。なかには独りのほうがせいせい、さばさばしていいという人がいます。よほど強靭な精神力の持ち主なのでしょう。

「人間は社会的な動物である」と定義づけた学者がいます。家族や地域社会でのつながりが重要なのです。こんな都々逸があります。

　冷めたうどんがぽつんとあって
　独り暮らしの長電話

たぶん女性なのでしょう。昼食にうどんを用意したのですが、そこへ電話がかかってきて、つい長話になってしまった。情景がありありと目に浮かんできます。

がん患者さんに限らず、病気と闘っている人は時に弱気になることがあります。高齢者の方々も折に触れて心細くなることがあるでしょう。それを支えるのはやさしい心、思いやりの心、ユーモアです。心から笑える。そんな笑いをいつも用意していたいと思います。

一生チュー年

ご皇室の慶事がとどこおりなく執り行われました。決められた時間に始まり、決められた時間通りに行事が進行し、決められた時間にお開きとなりました。文字通り帝国（定刻）ホテルでした。

紀宮清子さまは、皇族の身分を離れられて、一市民としての生活を送られることになります。前途を心配する人がいます。嫁がれた先が黒田家（苦労だけ）だからです。

同音異義の言葉の遊びは昔から行われてきました。同音から少し外れても意味が通じれば笑うことができます。たとえばこんな小噺があります。

お地蔵さんが電話をかけている。地蔵（自動）電話だ。

蛇が血を出している。ヘービーチーデー。

話の進み具合や語り口のよさで、つい笑ってしまうわけですが、これらを駄洒落だといって嫌う人もいます。そこで私たちは笑いの質を高めようという試みに取り組んでいます。友田君がホームパーティを開いたんだが、呼んだ人に制限があったそうなんだ。友田家(友だけ)。

持田君が開いたパーティ、会費は払ったがとてもそれだけではすまないくらい豪華だったよ。うん持田氏(持ち出し)。

羽田元総理は信州出身だけに「そば」が好きで、よくゆかりの店へいくんだが、狭いところなのにSPやおつきがいるんで店では困っているらしい。ハタ迷惑。

政治は愛の心が基本である。それにピッタリの名前がある。ハート山(鳩山)さん。

私は自己紹介のとき「松井といいます。濁るとまずいんです。なぜ寿一というかというと十一年生まれだからです。昭和十一年はねずみ年です。それで生まれたときからチュー年といわれています。年をとってもチュー年のままです」と笑いをとっています。

落語家は世相のアラで飯を食い

川柳です。いい得て妙です。世の中の出来事をタテ、ヨコ、ナナメ、いろんな角度から眺めてみると、自然とおかしみが湧いてくることがあります。

お酒の小売組合が政治献金のことで問題になっています。経理が乱脈で捕まる人も出ました。

「資金が豊富にあるので、つい酔ってしまった」。

耐震建築の基準を甘くした建築士がいます。そんな建物に住んでいる人は心配で心配でたまりません。

「震えが止まらない」。

白から黒まで、いろんな色があります。人間の考え方もさまざまです。右翼から左翼まで、いろんなイデオロギーがあります。

お釈迦さまは「中道」を、孔子は「中庸」を説きました。ならば右も左もなく中翼、つまり仲良くすればいいことです。

「仲良きことは美しき哉」（武者小路実篤）

海老はオスばかり

言葉遊びの一種に「冠《かんむり》づけ」というのがあります。地名や人名などを頭に載せて、歌をつくるわけです。三文字なら川柳、四文字なら都々逸、五文字なら狂歌となります。

「しわす」という題が出たとします。さっそくつくりました。

死んだのを

忘れてました
すみません
上の文字を横に読めば「しわす」です。

柴又の
笑い懐かし
諏訪さくら

ご存知『男はつらいよ』の寅さんの舞台は柴又、妹の名前は嫁いで「諏訪さくら」というわけです。車寅次郎とさくらは、腹違いの兄妹です。しかし血液型は同じです。A、B、O、ABの四つのうちどれでしょう？　という頓智謎々があります。正解はAB型です。車えびにさくらえび。

ところで「えび」は頭と尻尾に栄養がたっぷり含まれています。頭のほうにはビタミンA、尻尾のほうにはビタミンB、それで「AB」という……。「えび」はほとんどが「オス」なのです。「エビオス」。

有遊会の記念行事で「あのひと」という題が出ました。私の作品が大賞に選ばれました。

愛だ恋だと
のぼせてないで
秘めた心の

寅次郎

有遊会には女優の光本幸子さんも参加されています。ご存知、寅さんの初代のマドンナです。つくづくご縁だなあと思いますが、受賞してから思わず二人でハイタッチをしていました。

冠づけというのは、とても古い歴史を持っています。その代表的なのが「かきつばた」です。平安時代に詠まれた、とても有名な歌が残されています。

からごろも（唐衣）
きつつなれにし
つましあれば
はるばるきぬる
たびをしぞおもう

言葉によっては、濁っても澄んでいてもよいことになっています。「しわす」でしたら「しはす」でもよいわけで、この古歌も「ば」のところが「は」となっています。

世の中は澄むと濁るの違いにて
刷毛に毛がありハゲに毛がなし
世の中は澄むと濁るの違いにて
セロは弾けるがゼロは引けない

この二つの狂歌は有名なので、知っている方が多いと思います。そこで有遊会でつくられた歌を紹介しましょう。

世の中は澄むと濁るの違いにて
障子は張れる情事はバレる
世の中は澄むと濁るの違いにて
幼女はおシャま老女はおジャま
世の中は澄むと濁るの違いにて
ヘビーは重いベビーは軽い

小豆島より中豆島

香川県の高松市へいってきました。雲が厚く垂れこめていて、着陸できず、二～三回旋回したと迎えにきてくれた人が告げてくれました。機内にいた私はまったく気づきませんでした。上の空だったのでしょう。

こんな都々逸があります。

松という字は、

木（気）へんに公（君）よ
公（君）に木（気）がなきゃ
松（待つ）じゃない

地方の空港はだいたい小高いところにあります。四方を見渡せて、視野が開けています。景色がいいといえます。それで空港（風光）明媚なのです。

国内線の機内でも、オリジナル・グッズを売るようになりました。当初は物珍しさも手伝ってよく売れたそうです。そこで小咄。

「売れ行きはどうですか?」

と聞いた乗客にアテンダントが答えました。

「飛ぶように売れています」。

「朝刊をご用意しています」といわれて、私は「防衛庁のですか?」という言葉が喉まで出かかりましたが、辛うじて飲み込みました。「長官が夕刊を読んでいる」という言葉を思い出したからです。

イランの核開発の記事が大きく載っています。「イランはウランを」と書いてありますが、これを入れ替えると「ウランはイラン」となります……。「ウランはウラン」でもいいですね。

岩城《いわき》さん、岩崎《いわさき》さんという姓の人がいます。どちらが香川県の出身でしょう。答えは岩城さん。さ抜き（讃岐）だからです。

小豆島へいくといったら友人が、その隣の少し大きい島のほうがいいぞといいます。理由は中豆島（中年増）。

明治の偉人、西郷隆盛は食事のとき、デザート代わりに必ず讃岐うどんを食べたといいます。最後うどん（西郷どん）。

西郷さんの銅像が上野の山に建っています。人がまだ起きてこないころに不忍池の周りでジョギングをされています。たまたま早く起きてきた人が西郷さんに聞きました。

「何回くらい回られるのですか?」

西郷さんが答えました。

「わしは何周（南洲）でもできる」。

ところで日本にも「がん薬物療法専門医」が誕生しました。米国に遅れること四十年といいます。なぜ遅れたのかといいますと、内科学のなかに「腫瘍」というカテゴリーがなかったこと、大学教育のなかに「臨床腫瘍学」が体系的に行われてこなかったことが原因です。

日本臨床腫瘍学会では、二〇〇三（平成十五）年から諸般の準備を進めてきて、この四月に四十七名の専門医が誕生することになりました。都道府県に一名ずつかと思わせる人数ですが、そうではありません。二十七府県には一名もおりません。当面千名が目標で、最終的には四千～五千名必要と考えているそうです（米国には九千名が存在）。

「遅くとも為さざるに勝る」という言葉があります。今後を期待しましょう。

別に生まれ変わらなくても……

今をときめく解剖学者、養老孟司先生に聞いた話です。先生は鎌倉に住んでいらっしゃる。環境問題で住民大会が開かれ、これまで味方だとばかり思っていた人が、実は敵だったということがわかりました。帰宅した途端、奥さんが先生をなじりました。

「貴方という人は、本当に人を見る目がないんですから！」

先生が答えました。

「だから君がそこにいるんじゃないか……」。

私の友人で、ペンネーム松尾不精が詠んだ川柳です。

カミさんと援助交際三十年

あるご夫婦が外出先から帰ってくると、家の近くの路上で井戸端会議が開かれています。奥さんが駆けていって、何を話しているか聞きました。「生まれ変わることができたら、誰と結婚したいか」がテーマとのこと。それを聞いた奥さん、

「生まれ変わっても、私は今の主人と一緒になるわ！」

それを伝え聞いた旦那さん、ポッリと、

「別に生まれ変わらなくてもいいよ……」。

不肖、松井天遊が詠んだ川柳です。

　カミさんに拉致されてから四十年
二組のご夫婦がゴルフを楽しんでいました。どちらかの奥さんが、これが入ればイーグルというところまで寄せることができました。こんなことは初めてです。思わず叫びました。「これが入ったら、死んでもいいわ！」。ご主人がそっといいました。「オーケー」。

落語家の鈴々舎馬風師匠に聞いた話。

「ゴルフ上達のコツは落語を聞くことだ。ヨセ（寄席）が大事だ」。

「寄せのうまい人と下手な人とがいる。下手なのは洋服屋さんと電気屋さん。洋服屋さんはいつもオーバー、電気屋さんはいつもショート」。

異業種交流会での会話です。

「おたくの業界の景気はどうですか？」

「そうですねえ、ゴルフに例えれば、ホールインワンですかな……」

「そんなにいいんですか？」

「いやパッとしない」。

笑いの効用について、前述しました。五項目です。

①血液の循環をよくする、②新陳代謝を促進する、③腹式呼吸となる、④自分と周囲を陽気にする、⑤免疫機能を活性化する――でした。その後もう五項目を考えましたので列挙します。

⑥快的ホルモンが分泌される、⑦脳の機能が働く、⑧ストレスを解消する、⑨心が和む、⑩人間関係の潤滑油となる。

笑うことによってβ-エンドルフィンという快的ホルモンが分泌され、心地よくなります。右脳も働くようになり、左脳の働きとのバランスがよくなります。ストレスというのは、何かにつけて忍び寄ってきます。それを笑いで吹き飛ばしましょう。笑っているのに、泣いたり怒ったりはできません。心が和みます。そして人間関係の潤滑油として働きます。日常生活の身近なところにも、たくさんの笑いがあります。それを見つけてひとつでも多く笑うことを心がけてください。「笑いがいちばん」「笑う門には福来たる」なのですから。

情《なさけ》と躾《しつけ》

「人明かり」という言葉に出会いました。看護師さんの温もりを指しているのだそうです。

病む人は、痛みや悩みで心もつい暗くなりがちです。それらを察して甲斐甲斐しく世話してくれるのを「人明かり」と表現したのです。いい言葉です。

そういえば「花明かり」という言葉があります。暗闇のなかでも咲いた桜は灯りをともしたような存在感があります。まさに陽春そのものです。「月明かり」「雪明かり」という言葉もあります。雪月花となります。これに人が加わって明かりの四天王。病室だけでなく社会全体に人明かりが増えてほしいものです。暗い世相を明るくするにはどうしたらいいですか、という問いに、

「みなさんひとり一人が明るくなればいいんです」

と答えた人がいました。そのとおりです。ひとり一人が明るく元気に潑剌とすれば、世の中全体も活気に満ち溢れてきます。何事も悲観的にならずに、陽気に振る舞うことが大切です。

というわけで、少し笑っていただきましょうか。友人の述懐です。

「昔、青雲の志を燃やして上京してきたが、今は青雲のお線香を燃やしている」。

BSEは、狂牛病のことを表していますが、PSEは中古の電化製品に貼るものです。そこで奥さんに貼った人がいました。

「うちのは嬶でんかだ」。

病室でお医者さんが患者さんの腹部を押して聞きました。

「痛いですか？」

「いたくありません」

少し離れたところを押して、また聞きましたが、答えは、

「いたくありません」

「おかしいな。ほんとに痛くないんですか？」

「ハイ。この病院にいたくないんです」。

麻酔から覚めた患者さんの意識回復の度合を測るため、お医者さんが肩に手を置いて、

「ここがどこだかわかりますか？」

病院ですとの答えを待っていたお医者さんに、

「そこは肩です」。

落語に「手遅れ医者」という噺があります。木から落ちた職人を運び込まれた医者が「手遅れだ」といったので仲間が怒って「今落ちたばかりだ」というと、「落ちる前に連れてきなさい」。

金沢のお医者さんと大津のお医者さんが喧嘩をしてしまった。ひとりが怪我をしたが、どちらのお医者さんか。正解は大津のお医者さん。加賀医者に滋賀医者。

江戸っ子は「ひ」と「し」が逆になる。東も干菓子も「しがひ」となってしまう。彼岸と此岸がどうしても逆になってしまい、困っているお坊さんがいた。

人間と猿の違いは、毛が三本多いか少ないかだそうです。人間のほうが三本多い。どんな毛が多いのかというと、食い気と色気と眠気だと喝破した人がいました。これはしかし三大本能ですから、他の動物にだってあります。そこで私はどうしてもつけ加えたい「け」が二つあることに気がつきました。世相を明るくするためにも必要です。それは情《なさけ》と躾《しつけ》です。

それは鏡です

何回辞書を引いても、覚えきれないというか、書くことができない字があります。今回もそうです。いったい何回目でしょう。難解です。老眼鏡をかけて、天眼鏡をかざしてやっと書き取りました。憂鬱《ゆううつ》と顰蹙《ひんしゅく》と薔薇《ばら》です。ばらの音読みは「しょうび」ですから、びは草かんむりに微妙の微と覚えています。ゆううつの憂も書けます。しかし残りの四つの字は辞書を見ながらでないと書けません。我ながら情けない限りです。

焦眉の急で辞書を引くのが何となく憂鬱になります。なぜなら「まだ覚えきらんのか」と辞書から顰蹙を買いそうだからです、と言葉遊びをしたくなってしまいました。というわけで、今回は「顰蹙編」とまいりましょう。

九州の、とある県の島めぐりツアーに参加しました。ガイドさんが事あるごとに恐縮し、へり下っていいます。

「みなさんが今夜お泊りになる民宿は、なにせ辺鄙なところにあるので、お気に召しますかどうか……」

あまりにくどいので、つい突っ込みを入れてしまいました。

「そんなにひどいのなら、民宿ではなくて顰蹙でしょう」。

結婚式の披露宴は、コングラチュレーションと、みなニコニコ盛り上がります。そのなかでひとり、苦虫を噛み潰したような顔の男性がいます。花嫁の父です。「せっかく手塩にかけて育てた娘を、どこの馬の骨がさらっていくのか」といった心境です。お開きの時間が近づいたのに姿が見えません。みなで手分けして探し出せ、という騒ぎになったとき「まあまあ落ち着いて」と両手で制した男がいました。そしていいました。「花嫁のチチは、ちゃんとブラジャーのなかにある……」。

ピカソ展へいった女性。どの絵もどの絵も女性の顔がしっちゃかめっちゃかに描かれているので、だんだん腹が立ってきました。そしてついに堪忍袋の緒が切れて、

「いくら何でもこの絵はひどすぎます」

それを聞いた係員がひと言、

「それは鏡です」。

寄席の楽屋での落語家の会話。『矢切の渡し』の歌の文句で「連れて逃げてよ」というのがあるが、いくつまでだったら連れて逃げる？　二十五までだな。五十五はどうする。置いて逃げる。七十五は？　埋めて逃げる。

おあとが宜しいようで。

中国に二度いけば「中国通」

東京・銀座の「ホテル西洋」で行われるイベントの案内をもらい、出席の返事を出しました。開催日が近づき、確認の電話が入りました。そのときは「ホテル精養」と聞こえました。確かにホテルは静養するところでもあります。上野には「精養軒」があります。

同音異義あるいは似たような発音で、意味がまったく違ってくる場合があります。「事業の展開」と「事業の転換」と、さて、発言者はどちらのことをいったのだろうと、判断に苦しむことがあります。レストランで「前菜」が出ます。別れた奥さまは「前妻」です。結婚式の披露宴で媒酌人が新婦を「才媛」と紹介しました。「再縁」かもしれません。

こんな小噺があります。

若い女性は、やれフランス料理だ、イタリア料理だ、スペイン料理だと、せっせと洋食を楽しんでいます。しかし、ご高齢になると和食を好むようになります。なぜか？　容色(洋食)が衰えたからです。

朝、自宅から目白駅に向かうとき、ほんの五～六分間なので、すれ違う人は数人です。ところがその人たちがみな「ながら族」なのです。携帯電話で話しながらくる人、あるいはにらめっこしている人、おにぎりを食べている人、パック入りジュースをストローで飲んでいる人、ヘッドフォンをつけて体でリズムをとっている人、などなど。ひとりとしてただ歩くだけという人がいません。なぜそうなってしまったのか原因を考えていましたら思いあたりました。小学校の校庭に、薪を背負って本を読みながら歩いている人の銅像があったからです。

コシノ・ジュンコというデザイナーは有名です。「越野」とばかり思い込んでいましたが「小篠」でした。

そういえば、東京に「巣鴨」という地名があります。「とげぬき地蔵」があって、おばあさんの原宿として有名です。ここは江戸時代「菅藻」と表記されていました。いずれにしても湿地帯を連想します。桜の染井吉野は、このあたりで生まれたといわれています。染井霊園のなかの一角に、そのいわれを書いた碑が建っています。

入園料は要りません。霊園(零円)です。

今年、七十五年を迎える画壇で「朔日会《さくじつ》」があります。今日開いても「昨日かい」。

コンビニエンス・ストアを縮めて「コンビニ」といいます。コンビというのは二人です。通訳は、二つの国の言葉に通じています。一人二役をこなします。それで「ツウ役」。どこの国でも、二度いけばだいたいのことはわかります。たとえば、その国が中国だったとすれば「中国通」というわけです。

心配の度合を不安度といいます。的中しました、「村上不安度」。

笑いの福作用

葭葦（善し悪し）の中を流れて清水かな

「日比野」姓の友人が三人いる。東京、平塚、名古屋にそれぞれ住んでいる。名古屋の住人の名前は創と書いて「はじめ」と読む。これまでにも賀状や手紙のやりとりをしていたが、今度はじめて気がついた。一月一日、元旦を表わす姓名だということを。ひびの・はじめ、つまり「日々の初め」である。

一年の始まりは一月だが、学校や会社の年度は四月が始まりである。

四月一日という姓がある。「わたぬき」と読む。冬は綿入れを着ているが、寒さとおさらばできれば綿抜きとなる。八月一日（ほつみ）、十月一日（わたつみ）、十二月一日（しわすだま）、十二月三十一日（ひづめ）といった姓もある。旧暦八月は稲刈りの季節、穂を摘むということであろう。十月は棉を摘む意であろう。十二月一日は師走の最初（頭）の日であり、十二月三十一日は一年の最終の日だから「日詰め」ということになる。

藤沢薬品と山之内製薬が合併して「アステラス製薬」になる。「明日照らす」意と受けとれる。藤と山を続けて読めばフジヤマ、富士山となる。第一製薬と三共が合併して、頭だけ読めば第三、ダイサンと発音すると代参という言葉が浮かんでくる。

清水の次郎長の乾分《こぶん》に森の石松がいて「金比羅代参」のひと幕が連想される。道中を無事に終えるため、決して酒は飲むなと次郎長親分にいわれていたのに、人がいいというか気が弱いというか、ついつい飲んで欺し討ちに遭い、非業の死を遂げる。「森の不始末」となってしまった。

平常心が大切、不動心が大切と、事あるごとに自分にいい聞かせていても、なかなか思い通りにならない。不動心ではなく浮動心になってしまうから情けない。

それにしても最近、晩節を全うしきれない人があまりにも多いように見受けられる。功成り名を遂げてから躓いてしまう。よき伴侶が側にいれば救いの手をすぐに差しのべてくれるから「妻づく」ですむのだが、大方の人は複数の女性がとりまいている。妻の手が届かない。こういうのをカミさんのジョギング「つまらん」というのである。

実るほど頭を垂れる稲穂かな

人間はどんなに偉くなっても、立身出世をしても、威張ったり、大きな態度をしてはいけない、辞を低くしなさいとの教訓の句である。

実るほど背筋をのばす麦穂かな

晩節を全うしなさいという句意である。現代だけでなく、歴史をひもといてみると、いつの時代にも晩節を穢す人は輩出している。「人は誰でも間違える」の言葉どおりの存在が、人間というものなのかも知れない。しかし生き方としては、次の句のようでありたいと願う。

葭葦（善し悪し）の中を流れて清水かな

風薫る、こいの季節

風薫る五月。晴れ上がった青い空、新緑の青葉若葉、悠然と泳ぐ鯉幟り。実にすがすがしい光景の季節といえるが、一方で五月雨が降り続き、五月病という厄介な病気に悩む人も出てくる。「ありがたい、ありがたい。思えばありがたいことばかり」（中村明晃尼）と達観できればいいのだが、そうもいかないのが人間の人間たる所以なのであろうか。

鯉は変化して龍となる、という伝説がある。一方で同じ発音の恋にかけて、いろいろと小噺がつくられている。

鯉幟りは真鯉と緋鯉とどちらが上なのか、といえば答えはどちらが上でもいい。なぜなら「こいに上下の隔てはない」。魚のなかでいちばん視力の弱いのは鯉。ほとんど見えないわけは「こいは盲目」。中華料理で鯉の唐揚げが出てくる。食べるときはナイフやフォーク、箸を使ってはいけない。みんなで指でほぐしながら食べる。「こいの手ほどき」。

時雨は「しぐれ」、五月雨は「さみだれ」、では四月雨は？　何と「よだれ」と読んだ人がいる。日本の男性の行動調査結果。道端へ「ペッ」と唾をはく人がいる。二十代から六十代までどの世代がいちばん多いか。四十代である。「ペ・ヨンジュ」。韓流ファンに怒られそうなジョークである。

虎の門病院の講堂で記者会見が開かれたとき、いちばん最初に映し出されたスライドは「虎の門病院の〝の〟の字はのです」であった。地名、駅名などいろいろに表示されていて、よく間違えられるのだそうである。虎門、虎之門、虎の門、虎ノ門と四種類もある。之は「これのの之」と覚えたものである。「みは上に、すでは半ばに、おのれ出ず」というのは巳、已、己の三字である。克己、和己と書けば「かつき」「かずき」と読んで、まず男性の名前である。ところが和己と書いて「かずみ」と読ませる女性がいる。姓はともかく名前のほうは聞いてみないとわからない場合が多い。

英語を片仮名表記する場合、姓と名の間に中黒（・）を入れる。ジョージ・ワシントンという具合に。この中黒が抜けていたので、出先から電話で入れるように指示したところ、出来上がったポスターはジョージなかぐろワシントンだったという笑うに笑えない話が残っている。

句読点をどこで打つか、澄んで発音するか濁って発音するか、丁寧にいうかいわないかで、意味がまったく違ってくる。「私は毎日、新聞を読んでいる」「私は毎日新聞を読んでいる」。不動産というと別にどうってことはないが、お不動さんというと手を合わせてしまう。助詞の使い方ひとつで意味がガラッと変ってしまう場合がある。「人間は顔じゃないわよ、心だわよ」と慰めるつもりだったのが「人間の顔じゃないわよ」といってしまった。

小野小町におらが嬶《かかあ》

つゆの季節。梅雨、黴雨と書く。中国では梅の実の熟する頃だから梅雨といい、日本では黴《かび》が物に生じやすいから黴雨という、といわれている。こんな小咄がある。つゆというのはイギリスやアメリカにもある。つゆのことを英語では「スープ」という。六月から七月にかけて、梅雨前線が張り出して、時に驟雨や豪雨を伴うことがある。梅霖、さみだれともいう。芭蕉の句は有名である。

五月雨を集めて早し最上川

明智光秀が連歌の会を催して詠んだのが次のような句である。

時は今雨が下なる五月かな

天正十年六月、本能寺へ織田信長を攻めにいく三日前の句である。雨が下が、天が下と読めるといわれている句である。因みに天正十年は西暦で一五八二年。「信長の一期は血に染む本能寺」と読んで覚えたものである。

江戸時代になって狂歌や川柳が盛んになったが、次の一首はまたいい得て妙である。

織田がこね羽柴が搗《つ》きし天下餅
座りしままに徳川が食う

歴史というものを見るとき、つくづく考えさせられることがある。それは「時代が人を生み、人が時代をつくる」ということである。乱世には乱世に合った人が出てくるし、太平の世には太平にふさわしい人が出てきて、それぞれ時代を築く。

「家貧しくて孝子出づ」の言葉がある。閉塞した社会を切り開くために革命児が生まれてもくる。救国の英雄となったジャンヌ・ダルクのような女性もいれば、傾国の美女、楊貴妃もいる。世界の三大美人といえばクレオパトラ、楊貴妃、小野小町となっているが、家庭の平和を保つためには世界の四大美人を声高にいうことが大切だとされている。「クレオパトラか楊貴妃か、小野小町におらが嬶」。

越後国はコシヒカリの産地、魚沼市堀之内町の針倉山永林寺のご住職、佐藤憲雄師の説である。佐藤和尚はユーモアを解し、曹洞宗なのだが「ニコニコ宗と皆の宗の双本山」と称している。「空には三つの廊下がある。照ろうか、降ろうか、曇ろうか」も和尚の言である。

長岡市からは山本五十六元帥が出ている。

やってみせ言って聞かせてさせてみて
誉めてやらねば人は動かじ

山本元帥の歌と伝えられているが、それは間違いである。「男の修行」という次のような詩というか言葉が元帥の残されたものである。

苦しいこともあるだろう
言いたいこともあるだろう
不満なこともあるだろう
腹のたつこともあるだろう
泣きたいこともあるだろう
これらをじっとこらえていくのが男の修行である。

今日一日と思えば、掟守りよし

人間の三大本能とは何か。食欲と性欲と海水浴である。暑い季節に受けるジョークである。
海辺での会話。

「どうした。浮かない顔をしているね」

「うん、泳げないんだ」。

宇宙のビッグバーンから、気の遠くなるような歳月を経て、海に生物が誕生した。それからも膨大な時間が経って人類が登場した。生命の源流は海にある。それで「生みの母」という。

あなたが海を見ながら飲むコーヒーの銘柄は何か。You see sea（UCC）。

昔は「海は広いな大きいな」と歌ったが、中国、韓国との揉め事をみていると「狭いな小さいな」の感を深くする。

悲惨な事故、非情な事件が続くなかで、暗い世相を明るくしてくれたのがレッサーパンダ風太くんの立ち姿。しかしそれを見た普通のパンダが冷たくいい放った。

「あれはスタンドプレーだ」。

新井石龍という人が「今日一日のこと」という文章を残している。五項目の掟である。
一、今日一日、四つの恩を忘れず、不足申すまじきこと。
二、今日一日、決して腹立てまじきこと。
三、今日一日、人の悪しきを言わず、我が良きを言うまじきこと。
四、今日一日、嘘を言わず、無理なることを為すまじきこと。
五、今日一日、その存命を喜び、業務を大切に励むべきこと。

今日一日と思えば、掟守りよし。

第一項の四つの恩とは、『心地観音経』に書かれている言葉で、「衆生（我々）がこの世で受ける父母、国王、衆生（他の人々）、三宝（仏・法・僧）」のこと。

①四つの恩を忘れず、不平不満をいわない、②怒らない、③悪口をいわない、自慢しない、④嘘をつかない、無理をしない、⑤生かされていることに感謝し、仕事に励む。この五項目の掟は、決して難しいものではない。きわめて当たり前のことである。にもかかわらず守ることができるかというと、自信がない。実行していると断言できる人は皆無であろうし、守る自信があるといいきれる人も、まずいないのではなかろうか。

新井石龍は最後の一行で「今日一日のことだと思えば、掟を守ることができるでしょう」といっている。これが凄い。一日ぐらいだったら大丈夫と思わせるところが、憎い。その一日だけを積み重ねていけば毎日実践できることになり、ひいては未来永劫となる。

井の中の蛙、天の高さを知る

長月。残暑は厳しいし、台風もよくやってくる季節である。「悪貨は良貨を駆逐する」という言葉を、その昔に習ったが、「涼菓は熱夏を駆逐する」といえばお菓子屋さんの宣伝文になる。恩師に持っていくちょっとしたお礼の品は、ケーキなどの洋菓子ではなく、日本古来の最中とか饅頭とかがいいとされている。それはわが師（和菓子）の恩につながるから……。

「シンブンシ」「タケヤブヤケタ」など上から読んでも下から読んでも同じ言葉を回文という。「クスリはリスク」もそうである。カリウムとカルシウムを間違えて、しかも用量も多過ぎたため事故に遭った患者さんがいる。薬は用法・用量があり、副作用が出る場合もあり、使用上の注意が付されている場合もある。薬は常に危険を伴っていると考えなければならない。だから薬剤師という専門職能が、そこに介在しているのである。

「百薬の長」とされるアルコール飲料も、飲み過ぎると体に害を及ぼす。適量を守れば心身にいい影響を与える。無着成恭師がいみじくも「酒と女は二合（号）まで」とおっしゃっている。

「フレンチ・パラドックス」という言葉がある。EU諸国で心臓病の患者さんが圧倒的に少ないのはフランスだというのである。理由は「ワインを飲んでいるから」。それも赤ワインを。ポリフェノールが大量に含まれているからというのが医学的な説明だが、このデータを発表しているのは実はボルドー大学。しかも肝臓を患っている人が多いということは、なぜか伝えられていない……。

「リスクはクスリ」ともいえる。逆もまた真なりである（私はギャグもまた真なりといいたい）。昔から可愛い子には旅をさせよというし、虎穴に入らずんば虎児を得ずという諺もある。事故につながってはいけないが、少々危ない目に遇ったほうが、成長に資するといった考え方である。いい経験をしたのを「いい薬になった」ということがある。見聞を広めることは大切で、百聞は一見に如《し》かず、百見は一感に如かずでもある。

とかく便利な都会での生活は、自然と触れあう機会を失ってしまっている。昔は田舎暮らしの人を指して「井の中の蛙大海を知らず」と揶揄していた（ように思う）。しかし最近、これに続く言葉があることを知って愕然とした。一体どんな言葉だったのか。「されど天の高さを知る」である。

月の丸いもただ一夜

『明解国語辞典』をひくと、仲秋は「陰暦八月」とあり、中秋は「陰暦八月十五夜」とある。名月の場合は「中秋の名月」と書くのが正しいことになる。

月月に月見る月は多けれど
月見る月はこの月の月

この和歌には、月という字が八つ出てくる。それで八月を表わしていると教えてもらったことがある。まさに中秋の名月なのである。月を詠んだ俳句にも名句が多い。

名月や池をめぐりて夜もすがら（芭蕉）

夜空に皓々と月が照っている。とてもきれいである。そしてそれが池にも映っている。

月天心貧しき町を通りけり（蕪村）

夜の更けないうちから、町はひっそりと眠りに入っている。そんな町を月が静かに通り過ぎていく。

名月を取ってくれろと泣く子かな（一茶）

まんまるになったお月さまは、なぜか温かい。頑是無い子供が、そのぬくもりを欲しがっている。

俳句には「や」「かな」「けり」が、よく登場する。前記した三句にも、それぞれ使われている。そこで、このや・かな・けりを一切使わずに俳句を詠んでみてはどうか、と考えたことがある。二十一世紀の俳句は、そうあるべきではないかと、気負いこんだことがある。広く天下に提唱して、賛同者が出てくれば、平成俳句の一大改革運動になるかも知れない。

「青い月夜の浜辺には」とか「月がとっても青いから遠回りして帰ろ」という歌がある。しかし月は黄色いというか黄金色に見える。むしろ地球の方が青いのではないか。宇宙飛行士は一様に「地球は青い」と表現している。水の惑星なのである。ところでこんな小咄がある。

二十一世紀半ばには、一般の人も宇宙にいけるようになる。新婚旅行でいく人には、ハネムーン・ベビーの可能性がある。宇宙旅行で赤ちゃんができたら何というか。「地球外妊娠」である。

スペースシャトルに乗らなくても旅行はできる。雨の日に旅行すればいい。「雨中旅行」。日本列島には、折り目正しく四つの四季が訪れる。そして秋の月を賞でる人々の心は、まことに繊細である。新月、三日月、半月、十三夜、待宵月、満月、十六夜、立待月、居待月、寝待月と、とことんお月さまとつき合っている。童話や唱歌にも「雨降りお月さん」「朧月夜」「証々寺の庭を照らす月」とたくさん歌われている。「月が鏡であったなら」と切々たる恋心を歌った歌もある。

栄華を誇った藤原一門を代表する和歌としては、道長が詠んだとされる一首がある。

　この世をばわが世とぞ思う望月の
闕けたることのなしと思えば

しかし幕末の禅僧、仙厓さんの一句は鋭い。

おごるなよ月の丸いもただ一夜

白玉の歯にしみとおる

白玉の歯にしみとおる秋の夜の
酒はしずかに飲むべかりけり（若山牧水）

このような境地を味わったことがおありだろうか。つくづくと、しみじみと、酒を愛する人の気持ちが伝わってくる。季節はやはり秋でなければならない。

ところで、春夏秋冬の四季のなかで、人がいちばん年をとるのはいつであろうか。やはり秋である。みなさん歌ったことがある。「ふけゆく秋の夜」。『旅愁』である。

古来酒は、ハレの日に飲むものであった。現代は毎日がハレである。そこで週に二日は休肝日を、といわれている。健康のためにとの思いやりの言葉だが反論もある。「心臓も肺臓も、あるいは胃や腸も休んだことがないのに、なぜ肝臓だけ休ませるのか」。

医師から「酒をひかえるように」といわれた友人、「私はいつでも別れられるのだが、酒の方が別れたくないというもんで……」。

苦い酒、うさ晴らしの酒、「悲しい酒」といろいろあるが、落ち込んでいるときに飲む酒はヤケ酒となる。できることなら楽しいときに飲みたいものである。「酒の十徳」を考えた人がいる。
独居の友
万人和合す
位なくして貴人と交る
推参に便あり
旅行に慈悲あり
延命の効あり
百薬の長
愁いを払う
労を助く
寒気に衣となる
箇にして要を得ている。説明の要はないと思うが、わかりにくいのは「推参に便あり」であろうか。推参とは訪問のことで、手土産にいいという意味である。
『親子酒』という落語がある。酒好きの親子が禁酒を誓い合った。我慢の日が続く。ある日息子が出かけたすきに、親父さんが飲み始める。息子も親戚の叔父さんにすすめられ、二人ともぐでんぐでんに。酔っぱらって帰ってきた息子を見て、怒り心頭に発した親父さん「頭が四つも五つもあるお前に、大事な身代は譲れない！」とどなると、息子は「こんなにぐるぐる回る家なんか、もらったってしょうがない！」

「学生野球の父」といわれた飛田穂洲先生が早稲田の学生の頃、好きでもない酒をなぜ飲むのかと思い悩み、ある日ハタと「酒を肴に友情を飲んでいるんだ」と思い当たる。わが愛するフーテンの寅さんは「酒を肴に人情を飲んでる」ということになる。ならば、かくいう駄酒落の松ちゃんは何で酒を飲んでいるのか。「酒を肴に、たまには愛情を飲んでみたい！」

何だか品格に欠けるなあー。

あっしにはかかわりのないことでござんす

師走。木枯らしの季節である。落葉が、風に吹かれてカサコソと舗道の上を滑っていくのを見ると、寂寥《せきりょう》感が一段と増してくる。

その昔『木枯らし紋次郎』というテレビドラマが人気を博したことがあった。中村敦夫の主演で「あっしにはかかわりのないことでござんす」という決めゼリフが流行語になった。かかわりがないままではドラマにならないので、否応なしに事件の渦中に引き込まれ、「降りかかる火の粉を払うよう」に悪をやっつけ、善を生かす役回りを演じていた。口に衔《くわ》えていた長い楊枝を「ぷっ」と吹いて、武器として使った場面に新鮮味を感じたものである。

高視聴率を保っていたが、他局が『必殺仕掛人』を放映しだして陰りが見えてきた。必殺は池波正太郎の原作で、主役級の役者が数人出揃うという布陣である。中村敦夫ひとりでは、とても太刀打ちできない。そこで弟分やヒロインを起用しては、の案を考えた。数には数で対抗しようというわけだ。木枯らし紋次郎の弟分だから「出枯らしのお茶次郎」、ついでヒロインの名は「出戻りの紋子」というのはどうだろう。実に他愛のない発想であった。

おかしいのに笑わない女性がいる。「笑うと顔に皺が増える」と思い込んでいるからである。これは間違った認識である。顔面には表情筋をはじめ七種類の筋肉がタテ、ヨコ、ナナメに走っている。笑うとそれが満遍なく動くので皺ができにくい。無表情でいると筋肉が動かないので、皺ができて、その皺のミゾが深くなる。これは専門医の意見である。私の皺予防法はというと、「お酢を塗りなさい」である。「しわす」。

鎌倉の名産品は何ですか?　と聞かれたら、私は即座に「お酢です」と答える。「スワ鎌倉」。

日本でいちばん大きなお寺はどこにあるか。長野県の諏訪にある。「諏訪一大事（寺）」。

忘年会の季節。今年あった嫌なことは忘れて、新たな気持ちで新しい年を迎えよう、ということで「望年会」といい換えているところもある。会にはお酒がつきものだが、国税庁、厚生労働省、アルコール健康保持協会が定めた「適正飲酒十カ条」をご紹介しよう。

一、笑いながらともに楽しく飲もう。
二、自分のペースでゆっくりと。
三、食べながら飲む習慣を。
四、自分の適量にとどめよう。
五、週に二日は休肝日を。
六、人に酒の無理強いをしない。
七、くすりと一緒に飲まない。
八、強いアルコール飲料はうすめて。
九、遅くても夜十二時できりあげよう。
十、肝臓などの定期検査を。

散る桜残る桜も散る桜

願わくは花の下にて春死なん

その如月《きさらぎ》の望月の頃（西行法師）

有名な和歌である。旧暦の「きさらぎ」は現在の三月で、桜の花が咲く。西行さんは、この願いどおりに生涯を終えられたと伝えられている。

如月の頃はまだまだ寒い。そこで重ね着をする、つまり着更着が語源だとされている。厳しい寒さの日が続くが、立春がある。節分、季節の分かれめである。「福は内、鬼は外」の豆撒きの行事が行われる。この「追儺《ついな》の儀」は昔、宮中で大晦日に行われた。悪鬼を払い、疫癘《えきれい》を除く儀式である。近世になって民間に伝わり、節分に行われるようになった。

節分より接吻のほうがいいという不心得者がいる。中国では接吻のことを「呂の字を書く」とも表現する。説明するまでもないと思うが、呂という字は口と口とがつながっている。フレンチキスとかディープキスとか、いろんな表現があるが、くっついたら離れないキスは何というか？　答えはホッチキス。

お釈迦さまは、この世に生を享けるということは奇跡に近く「大海の一針」と表現されている。大海原で一本の針を見つけるのは至難の技である。ほとんど不可能といっていい。それほどの確率で生まれてきたのに、なぜ自他の生命を粗末にするのであろうか。

散る桜残る桜も散る桜（良寛）

人間も同じで、いずれ死を迎えることになる。それを鬼籍に入るという。奇跡で生まれて鬼籍に入るまでの人生航路を軌跡という。同じ発音で人の一生をいい表わすことができるのは面白い。もうひとつ追加するならば「道ひと筋もええが、道草もまた妙だで」（長谷川無弟）の言葉どおり、寄り道することも大切である。席に寄ること、つまり寄席である。しかし普通この字を見ると「きせき」と読むより「よせ」と読む人の方が多いであろう。

鬼といえば、仏教説話のなかの鬼子母神伝説を思い出す。千人もの子供を育てている鬼女は、いくつもの村へいっては子供をさらってくる。村人たちはたまりかねてお釈迦さまにお願いした。どうぞ鬼女の行いを止めさせてくださいと。お釈迦さまは鬼女の末っ子を隠してしまわれた。鬼女は半狂乱になって探し回ったが見つからず、お釈迦さまのところへやってきた。そこで諭されたのである。「お前が子供を可愛く思うように、村人たちもみな子供が可愛いのだ」と。鬼女は心を入れかえて鬼子母神となり、安産、子育ての神さまとなった。

人の子供を食べるだなどと、何という乱暴な話だとお思いであろうが、我々も春になるとみな食べているのである。

「他家の子（筍）」。

やれなかった、やらなかった、どっちかな

弥生、三月。寒さが去って次第に暖かくなってくる季節である。草木もそれを待ちかねていたように、生き生きとしてくる。ここでは三という数字にこだわってみたい。

日本三景といえば松島、天の橋立、安芸の宮島である。越中おわら節の囃子ことばに「越中で立山、加賀では白山、駿河の富士山三国一だよ」というのがある。三国一の花嫁という場合は天竺、唐、そして日本の三国で、いまでいえば世界一という意味になる。

善と悪、黒と白、敵か味方か、右翼と左翼というように二分して見ることが多いが、萩本欽一がテレビ番組で人気を博したのが「良い子、悪い子、普通の子」という三分割だった。黒と白の間には実に多くの色がある。文字通り多彩なのである。

黒いサングラスをかけたヤクザの兄貴分が弟分に向って「なぜあの白鳥は黒いんだ」といった。

パンダを初めて見た人が、喜び勇んで写真を撮った。現像されてきた写真をみて、「カラーフィルムで写したのに、何で白黒なんだ」。

真夜中、ある村の道を黒ずくめの格好をした黒人が酔ってふらふらと歩いていた。する

と反対側からライトをつけない真っ黒な車が走ってきた。あわやぶつかるかと思った次の瞬間、車はピタリと黒人の前で停まっていた。月夜だった。
相田みつをさんは書家で詩人で、実にいい言葉をたくさん残している。短くて的確で、大体三行でいい尽くしている。

その時の出逢いが
人生を根底から変えることがある
よき出逢いを

いまのうち
生きているうち
日の暮れぬうち

やれなかった
やらなかった
どっちかな

最後の三行はいろんないい換えができそうである。たとえば「いえなかった、いわなかった、どっちかな」である。世界が狭くなり、国際社会の一員として日本国も日本人も大いに実力を発揮しなければならないのに、会議の態度は三つのSでくくられている。外国人はスピーク（よく発言する）、ストレート（積極的、率直）、シリアス（真剣）。日本人はサイレント（沈黙）、スマイル（意味なく笑っている）、スリープ（寝ている）。

そこで一源三流という言葉を提示したい。一源とは体のこと。そこから三つのものが流れ出てくる。家族のために汗を流す、友のために涙を流す、国のために血を流す。男子たるもの、覚悟と志が大事である。

咲かせた根っこの恩を知れ

春爛漫。色とりどりの花が咲き競っている。といっても花は、自分の方がきれいだと主張しているわけではない。百花繚乱、それぞれに美しい。それを賞《め》でるのは人間である。花鳥風月、雅びな心で自然を友に生きてきた。「花は桜木、人は武士」、あるいは「大和撫子」、さらには「立てば芍薬、座れば牡丹、歩く姿は百合の花」という女性を賞《ほ》めたたえる言葉もある。その昔の学生時代、これをもじって「立てばパチンコ、座れば麻雀、歩く姿は千鳥足」といったものである。

花の「は」は映える、花の「な」は和むと教えられた。いい得て妙である。「花」という題の歌といえば滝廉太郎を思い出すが、喜納昌吉の歌もなかなかにいい。

咲いた桜になぜ駒とめる
駒がいななきゃ花が散る

都々逸である。情景が目に浮かんでくる。江戸時代もお花見は盛んに行われた。庶民の大切な楽しみのひとつであった。武士も人間、馬に乗って上野の山か飛鳥山か、はたまた大川端へ駆けつけてきたのであろう。隅田川を当時は大川ともいっていた。浅草寺の向う岸は向島で、長命寺の桜餅は有名である。

「花より団子」とはよくいったもので、すぐ近くに「言問団子」を商う店もある。桜餅は普通、一枚の葉を横にまいてある。ところが長命寺の桜餅は大きな葉三枚でくるんであるので餅が見えない。初めて手にした人がとまどってお店の人にどうやって食べたらいいのか尋ねた。すると「皮をむいて食べてください」との返事。それを聞いた人はおもむろに隅田川を向いて食べた……。

花が咲いたと喜ぶならば
咲かせた根っこの恩を知れ

我々が今、生命の花を咲かせていられるのはご先祖さまあってのことである。根っこというのはご先祖さまであり、幹になり枝になり葉になり花になり、そして実になるというのが我々である。ならば根っこの恩を忘れずに、常に感謝の気持ちを持ち続けることが大事である。自分という存在は両親あってのことである。その両親にもそれぞれ両親がいる。

十代さかのぼると一〇二四人となり、二十代さかのぼると一〇四万七五六人となる。

毎日一十百千万を実践している人がいる。一は必ず神仏に手を合わせる。十は笑う。百は深呼吸をする。千は字を書く。万は歩くである。ご先祖さまを敬い、感謝の意を表わすのにやぶさかであってはならない。

シェリング・プラウ社が『花粉症五七五大賞』を募集している。第二回目である。第一回目の大賞に輝いた川柳は次の句である。

ベッピンをスッピンにする花粉症（妙幸）

サラリーマン川柳には、これをさかさにしたような一句があった。

乗るときはスッピン降りるときベッピン

非理法権天

プロ野球のペナントレースが白熱した闘いを展開している。これもWBCで世界一になった余波であろうか。王監督が率いるジャパンなのだから、ナンバーワン（王）になる「王座」に就くのは当たり前と、口ではいっていても、その道程は大変なものであった。

それにしてもである。あの審判は一体どういうフィロソフィーというかアイデンティティをお持ちなのであろうか。たび重なるミスジャッジを見ているうちに「非理法権天」という言葉を思い出した。建武中興で活躍した楠木正成の旗印である。縦に書いて非が一番下で、一番上の天は下の四文字をつつみこむように書かれている。

非、つまり曲っている、間違っていることは理にかなわない。理論、理屈は法律にはかなわない。その法律も権力、権威にかなわないことがある。しかしどんな権力も、一時《いっとき》はのさばることができても、天意にそむくことはできない、といった意味である。天の配剤とはよくいったものである。人間のちっぽけな欲望やよこしまな心などは、宇宙の摂理、大自然の法則の前では雲散霧消してしまうのである。

手を抜けば手がかかる

四十歳以上の日本人の二十人にひとりが緑内障である、というのは決して少ない数ではない。自覚症状がないため八割強の人が受診していないという。これはよくないでしょうといいたい。ちょっとしたいい換えで別の意味になるから面白い。「欲無い症」というのはどうだろう。お釈迦さまが説いた「大欲を持て。大欲は無欲に似たり」の境地につながる。

「アスベスト」という言葉が飛び交っている。それを聞いていて「今日はベストじゃないんだ」とつぶやいた人がいる。

宝塚歌劇で『ベルサイユのばら』がまた上演されている。もう何度目になるのだろう。これを「Lサイズのハラ」といい換えた人がいる。

「地中海貧血」という言葉がある。難病である。これに対して「日本海金欠」といった人がいる。

「本態性高血圧」という。ならば「変態性低血圧」というのがあるのだろうか。

耐震強度の偽装が問題になっている。建物の鉄骨や鉄筋の量が、建築基準を満たしていないのだという。震度五弱の地震で、簡単に崩れてしまうのだという。そこに住んでいる人たちはたまったものではない。震えがとまらず、生きた心地がしないのではないか。人を騙すことにかけては「筋金入り」だったというのでは、洒落にもならない。笑文芸の集団、有遊会の例会では早くも次のようなコントができていた。

耐震強度の偽装問題で姉歯氏に判決出る！

「姉歯さん、あなたを最近完成したばかりの新東京刑務所へ収監することが決まりました」

「あそこだけは勘弁してください」

「どうして?」

「私が設計したんです」。

板画家の長谷川無弟翁は「手を抜けば手がかかる」という言葉を色紙によく書く。「よろこびをよろこぶよろこび」など、短い言葉で深い意味のある表現をいくつも考え出す人である。そうした色紙を作品と一緒にお店に並べておくと、いちばんよく売れるのが「手を抜けば手がかかる」である。誰が買うのかを調べてみたら、建設業界の人がいちばん多かったとか……。

強度を失った建物は脆い。支柱、大黒柱、バックボーン（背骨）は大事である。どっしり、しっかりして丈夫でなければならない。昨今の日本には、三つの「きょうど」が失われている。

まず強度。これは建物に限ったことではない。組織にも社会にも国家にも、そしてひとり一人の個人にも強さは必要である。次に郷土。帰るべき郷土、愛すべき郷土（国家）を見失っている。そして矜度。矜持の度合という意味の私の造語である。辞書にはないが、いわんとするところはわかってもらえると思う。誇りを持つことは大切である。胸を張り、天を仰ぐ気概が大事である。叩けば出てくるホコリではない。

笑いは社会の栄養剤

池袋の、とあるビルの屋上から街並みを眺めていたら「豚美」という看板が目に入った。下へ降りて近づいてみると「とんび」と仮名がふってあり、黒豚を主にした焼肉屋であった。それにしても奇抜な店名である。右から読むと「ビトン」である。

その昔、銀座の交詢社ビルの近くに「珍豚美人」の看板を掲げている店があった。「ちんとんしゃん」と仮名がふってあった。

目白駅近くの喫茶店は「伴茶夢」とある。てっきり「ハンサム」と読ませるのだと思っていたが、あるときお店の人に聞いてみたら「ばんちゃむ」だという。なんだか気が抜けてしまった。

「多恋人」という店がある。これはどうしても「タレント」と読むのであろう。

秋葉原の、薬事日報社の近くにある焼鳥屋は「一鳥一舌（いっちょういったん）」である。神保町には「名舌亭（めいたんてい）」という牛舌屋がある。同音異義の面白さである。

日本でも世界でも、どうして暗澹たる気持ちにさせられる事件が、相次いで起こるのであろうか。文化・文明は進歩発展してきたが、人間の本質はまったく進歩していない。嫉妬、怨念、憎悪の炎が渦巻いて、敵愾心むき出しの状況があちこちで繰りひろげられている。インドのマハートマ・ガンジー（一八六九～一九四八年）が「人智が進むにつれて社会悪が増加してきている」と指摘したのは一九一七年のことである。今から九十年も前に次の言葉を列挙した。

①原則なき政治
②道徳なき商業
③労働なき富
④人格なき教育
⑤人間性なき科学
⑥良心（倫理観）なき快楽
⑦自制心なき信仰

「宗教とは、神と人、人と人とを結びつけるものである。宗教を楯になぜ戦争をするのか」ともいっている。

あたしゃお前に火事場の纏《まとい》

「秋風が吹く」あるいは「秋風が立つ」という。暑い夏を何とかしのいできた身にとっては、何ともありがたい風である。しかし男女の仲に、ということになると様子は違ってくる。

何事も始めがあれば終わりがある。執着することなくあきらめが肝心といっても、当事者にしてみればそう簡単にコトが納まらないことが多い。だからこそ古今東西でいろんなお芝居に仕立てられているのである。

春に芽生えて
夏には燃えて
秋に風吹き
冬に糸

何ともうがった都々逸である。四季を詠みこんでいるから一年とは限らない。生涯変らぬ愛を貫き通す仲もあれば、「成田離婚」の言葉に代表されるような短い仲もある。熱愛の末に結ばれても、どんなに相思相愛の仲であっても、長い短いの差はあるが愛がさめるときがやってくる。

「恋愛」という。愛と恋の違いを説明しよう。愛は真心であり、恋は下心である。それぞれの心の字の位置が愛は真ん中にあり、恋は下にある。

中高年を励ます都々逸もある。

年をとろうが目がかすもうが
恋に定年ありゃしない

アンチエイジング（抗加齢）学会が定めた五ヵ条の最初の文言が「いくつになっても男と女」である。異性を意識することを忘れなければ、いつまでも若々しくいられるというのである。ところで「男と女」の間には何があるか？　というクイズ。愛、子供、空気などなど、いろんな答えが返ってくるが、間にあるのは「と」という字である。「惚」という字は送り仮名で意味がガラッと変る。れる、と書けば「ほれる」となり、ける、と書けば「ぼける」となる。

江戸時代、寺子屋で「読み書き算盤《そろばん》」を教えた。男性の若いころと、かなりご高齢になってからを詠んだ都々逸がある。

七つ八つでイロハをおぼえ
ハの字忘れてイロばかり
七つ八つでイロハをおぼえ

イロも抜けたがハも抜けた

離縁状のことを三下半《みくだりはん》といった。江戸は百万都市で、圧倒的に男性の数が多かった。女性の立場は強く、亭主と別れたくなったら女性の方から三下半を書くように迫ったのが実状だったというが、ここは弱い立場のおかみさんが詠んだ都々逸を……。

嫌になったらこの子をご覧
嫌じゃないときできた子だ

江戸の女性の心意気を謳った都々逸は数多くあるが、次の二つはいかがであろうか。

あたしゃお前に火事場の纏《まとい》
振られながらも熱くなる

目から火の出る世帯でさえも
火事さえ出さなきゃ水入らず

秋高馬肥

中国には古くから「秋高馬肥」という熟語がある。馬の体力がひときわ盛んになる秋ともなれば、北方の騎馬民族が侵攻してくるから要注意、という警句なのだそうである。秋の空が高く澄みわたる季節は実に爽やかで「読書の秋」「スポーツの秋」、そして「天高く馬肥ゆる秋」となって食欲増進につながるという、何とも平和な状況を表現しているとばかり思っていたのに、本来の意味は戦乱が近づいていることを指し示しているのだという。

日本は平和だが、世界に目をやるとテロやら戦争やらが続発している。そんななかで自衛隊がイラクから無事帰還できたことは嬉しいニュースである。駐屯していた「サマーワ暑い（夏は暑い）」。日本の暑さとはくらべものにならないというから、熱いといったほうが当たっているのだろう。

言葉の遊びを楽しめるのも、平和だからこそである。「逆もまた真なり」というが、私は「ギャグもまた真なり」といいたい。

ソフトバンクの王監督が慶応病院で胃がんの手術を受けた。かつてインタビューしたことのある北島政樹先生をテレビで見て、思い出した話がある。

慶応の先生にこんなことを聞いては失礼なのですが、福沢諭吉はどこで生まれていると思われますか？　さすが北島先生「豊後国の中津藩というんでは正解じゃないんだろう」といわれた。福沢諭吉が生まれているのは、大阪造幣局である、というのがオチである。

「天は人の上に人をつくらず、人の下に人をつくらず」という言葉を残しているし、「新聞」という言葉をつくり出してもいる福沢諭吉の「心の糧七カ条」をご紹介しよう。

一、この世の中で一番楽しく立派なことは、生涯を貫く仕事を持つことである。

一、この世の中で一番寂しいことは、自分のする仕事がないことである。
一、この世の中で一番尊いことは、人の為に奉仕して決して恩に着せないことである。
一、この世の中で一番みにくいことは、他人の生活を羨むことである。
一、この世の中で一番みじめなことは、教養のないことである。
一、この世の中で一番恥であり哀しいことは、嘘をつくことである。
一、この世の中で一番すばらしいことは、常に感謝の念を忘れず報恩の道を歩むことである。

為という字に人偏をつけると

東京メトロ銀座線に「溜池山王」という駅が開設された。車掌のアナウンスが「溜息三度」と聞こえることがある。「後楽園」は「コーラ食えん」だから、なるほど飲み物だなと納得がいく。「四谷」は「四っつや」で、下から読むと「八っつよ」と倍になるから面白い。その昔、赤坂見附の交差点に田辺製薬の「アスパラ」の大広告が掲げられたことがある。人呼んで「アスパラ見附」であった。

ところで東京の地下鉄はかつて「サブウェイ」の頭文字「S」のマークが各駅にあった。

今は「メトロ」なので「M」のデザイン。「S」から「M」になったんだぁ、と妙に感心している友人がいた。千代田線の赤坂駅はローマ字表記で「AKASAKA」。下から読んでも同じである。

「薩摩で待つさ」も回文である。地名や人名を逆に読んでみると思いがけない発見がある。「浦和で笑う」、「互いに新潟」。近藤は「うどん粉」、有馬は「マリア」。

鹿児島にはショッピングに最適の山がある。「買いもんだけ（開聞岳）」。東京二十三区の中の最適地は板橋区。軍歌で「買ってくるぞと板橋区」。知覧の基地から飛び立った特攻機は、まず開聞岳を目指したという。そこから方向転換して南の戦場へ向っていった。鹿屋の記念館も訪ねたが、遺品の数々は涙なくして見ることはできなかった。鹿屋にも知覧にも若くして散華した兵士たちの手紙（遺書）が数多く陳列されている。読み進む人たちはみな一様に「夜霧の下関」状態となってしまう。「門司（文字）がかすんで見えない」のである。

鹿児島県には内之浦町と種子島にそれぞれロケット基地がある。その昔、鹿児島の友人が東京で学生生活を送っていたころの話。同級生から「鹿児島のどこでロケットを打ち上げているのだ」と聞かれて「内之浦だ」と答えた。同級生は目をまんまるにして「すげえなあ」と感嘆した。「家の裏」と勘違いしたのである。

東京では「さつま芋」というが、鹿児島では「から芋」と呼んでいる。中国から渡来したから「唐芋」なのであろう。鑑真和上もフランシスコ・ザビエルも鉄砲も、鹿児島へ上陸している。古くから琉球とのつながりもあり、明治維新の幕開けで果たした役割は、こうした歴史のなかから育まれた素地があってのことのように思われる。

臨済宗妙心寺派、三島の龍沢寺住職だった山本玄峰老師の残された言葉である。

わしは世のため人のためと念じて
修行したことは一度もない
人のためとか
自分のためとか
言っているあいだは駄目じゃ
一切が自分じゃ

為という字に人偏をつけると「偽」になる。

嬶天下と威張っちゃいるが

アメリカの、とある動物園には門を入ると大きな鏡が置いてあり、次の文句が大書されている。

「この世の中で、もっとも獰猛な動物」

映っているのは動物を見にきた人間である。確かに人間がいちばん獰猛なのであろう。我々は何かといえば「どうもう、どうもう」といい合っている。

アメリカがイラクへ出兵したとき、あちこちで反戦集会が開かれた。ニューヨークの集会のなかのプラカードに「アメリカはニューヨークから出て行け」というのがあった。アメリカの市民の懐は深い。

しかしBSE（狂牛病）対策では米国も底の浅いところをみせた。PSEのシールを貼ることになったのは日本。中古の電化製品の売買時に必要となる。そのPSEシールを奥さんに貼った旦那がいる。「カカアでんか」の中古だという。

旦那も定年退職すると粗大ゴミ、濡れ落葉などといわれて形無しである。何とも情けない仕儀と相成っているが、反撃の都々逸がある。

嬶天下と威張っちゃいるが
たかが家来は俺ひとり

そうかと思うと、あきらめの境地をきわめたような川柳もある。

今日からはまとわりつくぞ濡れ落葉

山口県防府市に「お笑い講」という神事がある。起源がはっきりしていて、鎌倉時代の正治元（一一九九）年に二十一戸の農家が集まり、始まったと伝えられている。旧暦の十二月一日「大歳神」さまをお迎えし、①その歳の収穫に感謝し、②新しい歳の豊作を祈念し、③一年間の苦しかったこと、悲しかったことを忘却の彼方へ送り出すために、大いに笑うという儀式である。一対一で向かい合い、ワッハッハッハと交互に三回ずつ笑う。テレビの中継で見たのだが、最初は堅苦しい雰囲気で、笑いにもぎこちなさがあるのだが、二回、三回と進んでいくうちに、空笑いが本当の笑いとなり、腹の底からの笑いへと変わっていく。もうおかしくってたまらない、という感じにまでなるのである。一座の人たちだけでなく、見物客までつられて笑いこけることになる。

こんな笑いが世界中に広がっていけば、実に平和でのどかな日々が続くことになるのだが、現実はなかなかに厳しい。「よく冷えてます」がビールやワインならいいのだが、夫婦の仲や二国間の関係だったりしたら、いただけないことになる。

子供叱るな来た道だ
年寄り笑うな行く道だ
行く道来た道一人道
通り直しの出来ぬ道
今日も行きます人の道

酒のさかなはなーんぞ

遠仁者疎道
不苦者有智
判じ読みである。さて何と読むのだろう。「おにはそと」「ふくはうち」である。それだけでは何の変哲もないので、理由づけがされている。「仁から遠い人は、人の道からもはなれている」であり、「正しい智恵を持っている人は、苦しまない」となる。
平安時代から鎌倉、室町時代にかけて、宮中では謎々遊びが盛んに行われていた。漢籍に通暁し、やまと言葉の語彙が豊富でないと、なかなか解けない問題が出された。今のように娯楽が多い時代ではない。やんごとなき人々が賢明に懸命に考えて、それをまた解くという遊びである。「何々はなーんぞ」と問いかけたのが「なぞなぞ」の語源になった。
「春の田圃はもみじ、秋の田圃はほたる、なーんぞ」。
さて答えは? 紅葉に蛍と考えれば季節を逆にしなければならない。正解は「籾地《もみじ》」に「穂垂《ほた》る」である。
「酒のさかなはなーんぞ」

肴と考えると、酒の肴になるものはたくさんあるので答えが出てこない。逆名（さかな）と読めば「さけ」は「けさ」となり、正解の「僧」に辿りつく。

「一昨日も昨日も今日も籠り居て月をも日をも拝まざりけり」という出題。答えは「御神楽（三日暗）」である。

これに似たようなことを考えついたことがある。何かいったときに「五秒ほど経ってやっとわかった」といわれたので、「五秒でよかった。倍かかってたら重病（十秒）人だ」。もう一つ。「あと四秒かかってたら急病（九秒）人だ」。

「老いて生れたるもの」。苺（一期の子）。

「夏虫の怨み」。桂（蚊辛）。

「浜辺」。白砂（知らすな）。

これらはごく短くて、すぐにわかる謎々だが、深い教養がないと解けない問題もたくさんある。たとえば「深きは浅き、浅きは深き」という問題の正解は「飛鳥川」である。この答えが出るには『古今集』の一首を知っていなければならない。

　世の中は何か常なる飛鳥川
　　昨日の淵ぞ今日は瀬になる

現代の謎々をいくつかご披露しよう。

「出してこいといわれて、入れてくるもの」。郵便である。

「せっかく別れさせたのに、一緒にしないと使えないもの」。割箸。

「酔うときに飲んで、酔わないときにも飲むもの」。酔止薬。

「人殺しの相談」。ヒソヒソ。

「子供が好きなお茶は」。おもちゃ。

では次の二題はゆっくり、しっかり考えてほしい。

「重くなると軽くなり、軽くなると重くなる」。「ツイてる時はつかなくて、ツカない時につくもの」。（正解を書こう。病人の体重、疫病神）

眠り薬はないかと問えば
富山の薬は置（起き）薬

いそいそと広告塔も回るなり

病院の待合室で「○○さあ～ん、ごしんです。お入りください」のアナウンス。聞いた人はみな驚いた、と思いきや平然としている。誤診ではなく第五診察室の略称なのだという。第一診察室はいっしん、第二診察室はにしんということになり、こちらは判決をいい渡されるのではないかと、心配になる。

年の暮れ、お正月の二つをテーマに川柳を詠むことになった。秀作句は次のようである。

塩味や醤油味でもおおみそか
百八つ数えているよ暇な奴
おめでたいお前はいつもお正月
一年の刑といわれた裁判所

弥生三月は何となく心浮きたつ季節である。太陽の光が輝きを増してくるし、上着を脱いだ乙女のセーターの胸のふくらみが、まぶしく感じられる季節である。

いそいそと広告塔も回るなり
春の夕の逢い引きのとき（北原白秋）

昔、銀座通りにはゆっくりと回る広告塔が点在していた。浮き立つ心を広告塔に託して詠んだのは、さすがである。

ところで「銀ブラ」という言葉を、みなさんはどう受け止めているであろうか。ひとりでのウインドショッピング、二人でのそぞろ歩き、数人での酒場への途次、いずれにしても銀座をぶらぶらと歩く、散歩する意味にとっておいでだろう。かくいう私もつい最近までそう思っていた。ところが違うのである。

昔、銀座に「パウリスタ」という名の喫茶店があり、そこへいってブラジルコーヒーを飲むのがモダンだったのだそうである。銀座でブラジルコーヒーを飲む。それを銀ブラといったという語源学の一席。

高度経済成長の時代、銀座には高級クラブがわんさと軒を列ねていた。といってもビル全体にそのような店がぎっしりと入っていたのだから、同じ屋根の下にという方が適切であろう。客層は一流企業の重役陣で、ご高齢の方が多かった。ヤングエイジ、ミドルエイジはほとんどいなくて、オールドエイジばかりだったのには、ちゃんとした意味がある。銀座を英語でいうと「シルバーシート」だからである。

安倍晋三首相は、「美しい国」をつくろうと国民に呼びかけた。星野富弘さんに次のような詩がある。

笑顔で挨拶を交わし
小さなことにもよろこび
嘘を言わず、悪口も言わず
全てのことに感謝し、人のしあわせを祈る
一月一日の気持ちを
皆がみんな十二月三十一日まで
持ち続けていたら
美しい国になる

気に入らぬ風もあろうに柳かな

ＮＨＫのテレビで、虎が主人公のドラマがある。「タイガー（大河）ドラマ」。豹は肉食動物だが、例外的に唯一食べる芋がある。「ジャガー芋」。動物園のゴリラとライオンとキリンにそれぞれ好きな餌を与えた。いちばんお行儀よく食べる動物はどれか。答えはライオン。「エチケットライオン」。

明治の中頃、東京帝大の経済学の講義の時間に、学生から「手っ取り早い金儲けの方法は？」という質問が出た。教授は「猿から毛を抜け」と答えた。怪訝そうな顔をする学生たちに、教授は黒板に大きな字で「ＭＯＮＫＥＹ」と書き、おもむろにＫを消した。「ＭＯＮＥＹ」となった。

『日本むかし話のその後』の傑作選の中から「うさぎと亀」の話を……。

亀には重大な誤算があった。昼寝をしている兎を追い抜いて、駆けっこに勝ったまではよかったのだが、その後にドーピング検査が待っていたとは……。亀の体内から薬物が検出された。「亀は許せない」「きたないぞ亀」というブーイングの嵐。審判団は協議の結果亀の優勝を取り消し、罰として一生皿洗いをするという刑をいい渡した。それから亀は、亀の子だわしになった。

海、湖、川にたくさんの魚がいる。その中でいちばん賢い魚はどれか。私は鮭と答えた。海へ出て三年後、生まれた川へ戻ってくるからである。しかし違った。正解は「メダカ」。理由は「学校へいっているから」。「誰が生徒か先生か」という歌詞で、大きさが同じだから区別がつかないと歌われている。とすると親子の区別もつかないことになる。しかし夜寝るときにちゃんと区別がつく。子供は川の真ん中に寝て、親は両岸に寝るという。「ハハアン、川の字だな」とお思いだろうが、さにあらず。「おやすみ（親隅）」。

気に入らぬ風もあろうに柳かな（仙厓義梵）

「花は紅、柳は緑」と漢詩でも歌われているように、柳の緑が実に美しく見える季節となった。どんな苦難、罵詈雑言《ばりぞうごん》も「柳に風と受け流す」平常心が必要である。小泉前首相が安倍首相に「鈍感力」を持てとアドバイスした。前総持寺貫主の板橋興宗老師の言葉もまた、味わい深いものがある。

「腹が立つ、悲しい、苦しい、面白くない。人間にはいろんな感情がある。それを頭で処理しようとすると、暗雲が広がる。そのままにしておくのがいい。人間的な喜怒哀楽のすべてを、軒下の風鈴のようにチリン、チリンと風のままに受け流せばよい」。

英語は何語ですか？

「英語は何語ですか？」と聞かれて、戸惑う人が多い。英語は英語、英語は外国語、英語はイングリッシュなどと答える人が多いが、落ちついて考えると英語というのは、れっきとした日本語なのである。そういわれてもなお、まだ怪訝な顔をしている人はいる。

五月は「メイ」である。しかし、昔は「メーデー」と新聞などが書いていた。夏は「サマー」だが、私が中学生の頃は「サンマータイム」といっていた。マクドナルドは「マクダーナル」、水は「ワーラー」というのが、本来の発音に近い表記である。

マリリン・モンローという魅惑的な女優さんがいた。大学の先生が正しくは「メーリン・モロー」だと発音してくれたのを覚えている。次のような川柳がある。

ギョエテとは俺のことかとゲーテ言い

どのように聞いたかで人名も地名も変ってくる。チューリッヒとズーリックは別のところだと思っていたという人もいたくらいである。聞き間違えたり、錯覚したりする場合がある。レンタルとデンタル。貸し入れ歯ができたと思ったという。デリケートにバリケード。これは漫才のネタに使われていて、神経の形容詞。

そうかと思うとガソリンスタンドで「ハイオクですか、レギュラーですか」と聞かれて「ブレンドにしてください」と答えた人がいたとか……。ホテルのバーへ客が三人入ってきて、カウンターに並んで座った。バーテンダーが注文を聞いた。「水割りをシングルで」、「僕はダブル」、三人目の客は「ツイン」といった。

大阪の心斎橋あたりで外人さんに道を聞かれた人がいた。たいてい逃げ腰になるのだが、その人は流暢な英語で教えてあげていた。通りかかった人がそれを聞いて「ええ会話や」。

とあるホテルでエレベーターが途中で停まってしまい、数人がとじこめられてしまった。ひとりが電話で連絡すると、補修要員がすぐにくるという。しばらくしてエレベーターの上で物音がしたので「誰やあー」と声をかけたら、返ってきた答えが「わいやあー」。

薬剤師さん同士が結婚することになり、その披露宴に招待された。新郎の友人ばかりのテーブルへいくとビールの空き瓶が林立している。「この瓶はみんな薬です」という。薬学の素養がないのでわからない。よくよく聞いてみると、ビールが入ってないから「タンナルビン（酸）」なのだという。そこでちゃんとお返しをした。「全て空っぽで飲めないから、あなた方は不憫だ」。

幕末から明治にかけて、いろんな外国語が日本に入ってきた。その時代に安政の大獄で刑死した越前藩士、橋本左内（一八三四〜五九年）が遺した言葉がある。
稚心を去る（児戯に等しいことはするな）
振気（本当の元気、勇気を振い起こす）
立志
勉学
交友を択ぶ

武士は食わねど高楊枝

落語の「まくら」というのは、本題に入る前の小咄のことである。「隣の空地に囲いができたよ」「塀」とか「飛んでる鳥が何か落としたよ」「糞」などの類である。「へえー」とか「ふん」とかの相槌で笑いを誘っている。こうした短いのが「小咄」で、少し長いのになると「小噺」と書く。

母と子の会話。

「タクシーに乗るときは帽子を被っている運転手さんにしなさい」

「どうして？」

「事故防止（帽子）」

「じゃあ帽子を被っていない運転手さんは？」

「無謀（帽）運転！」

家鴨《あひる》を十数羽飼っている人がいた。ある日餌をまきにいって、帰りぎわに銜《くわ》えていた煙草を捨てて足でもみ消して歩き出した。因みに家鴨は昼一回の食事である。あひるご飯という。数歩歩いてふり返ると一羽の家鴨が煙草の吸殻を食べている。家鴨のデザートは煙草かということになり、それから毎日餌のそばに煙草をもみほぐして撒《ま》いたところ、全ての家鴨がそれを食べた。月日が過ぎて秋となり、ある日餌を撒きにいったら家鴨が一羽もいない。おかしいなと思い、何気なく空を見たら、みんなガンになって飛んで行った。

「医者の不養生」「紺屋の白袴」といった言葉はよく知られている。これに似たような戒めの言葉は他にもある。「坊主の不信心」「儒者の不身持」「作家の筆不精」。何となく納得できるところが面白い。


その昔の武士というのもなかなか窮屈な生活を強いられて、町民から揶揄されることが多かった。しかし「武士は食わねど高楊枝」に代表される硬骨漢もいた。なかでも講談に出てくる大久保彦左衛門などは典型的な三河武士で、太平の世にはなじめなかったようである。出入りの魚屋の一心太助との物語は、映画にもなり人情の機微を余すところなく伝えている。その彦左が「江戸城で出世する者の条件」を書き遺している。

一、損得勘定で自分の生き方を定め、損だと知るとすぐ主人を裏切る者
一、口ばっかり達者な者
一、そろばん勘定がうまい者
一、宴会の座持ちがうまい者
一、嫌になるとすぐ勤めをやめて転職してしまう者

笑待席

医者の頭に雀がとまる
とまるはずだよ藪じゃもの

坂本龍馬

龍馬は幼いころに母と死別、乙女という姉に育てられた。この姉は、当時でいえば「かなりの大女」で、なかなか良縁に恵まれなかった。それがやっと医者の後添えとして嫁ぐことになったという知らせが届いた。龍馬が江戸の勝海舟のところに居候していたときのことである。すっかり嬉しくなった龍馬は、おめでとうの手紙をしたため、婿殿を揶揄する都々逸を詠んだ。なお藪は野夫で、腕が落ちるという意味ではなく、地方医のことであった。

品川の客は人偏《にんべん》有ると無し

古川柳

品川駅に東海道新幹線が停まるようになった。江戸時代、品川は東海道五十三次の最初の宿場であり、最後の宿場であった。当然宿屋が立ち並び、料理屋が軒を列ねていた。現在のように売春防止法はないから、色を売る女性もかなりいた。

さてそこで、女性目当てに通ってくる上客は誰であったか。その職業をズバリいい当てている川柳である。武士と坊主。にんべんが有るのは侍で、そのにんべんの無いのは寺である。

世の中は娘が嫁と花咲いて
嬶《かかあ》としぼんで婆と散り行く

詠み人知らず

人間の一生をいい表わしている。なぜ女性が歌われなければならないのか、男性だって老い朽ちるのは同じではないか、の抗議の声が聞こえてきそうである。今流にいえばセクハラといったところであろうか。

しかしご安心あれ。かの一休禅師がこの歌をフォローして余りある歌をちゃんと残してくれている。

世の中で女《め》ほど尊き者はなし
釈迦や孔子をひょくひょくと生む

いかがであろうか。

極楽は十万億土と聞くからは
足腰立たぬ婆は行けまい　一休宗純

ご存知、一休さんの歌である。座禅を組み、問答を交わし、厳しい修行に明け暮れるのが禅宗（一休さんは臨済宗）。それにひきかえ浄土宗や浄土真宗は、お念仏さえ唱えれば誰でも極楽往生できる、と説いている。

蓮如上人は浄土真宗の中興の祖といわれている。その蓮如さんと同時代に生きた一休さんが揶揄したのが、この歌である。しかし蓮如さんも返歌をつくっている。

極楽は十万億土と聞くなれど
近道すれば南無の一と声

知れば迷いしなければ迷わぬ恋の道

土方歳三

ご存知、新選組副長、土方歳三の作である。京都へ出立する前、江戸で詠んでいる。俳句をたしなんだ歳三は、自選四十一句を『豊玉発句集』に編んだ。

それにしても、あまりにもあまりにも字余りの句である。女性にモテたと伝えられる歳三だが、後年なぜか「恋の道」を「法の道」に詠み変えている。

四十一句のなかで、どの歌が好きか、と歳三ファンに投票してもらったら、次の句が一位になった。

さしむかう心は清き水鏡

クモに生まれ網をかけねばならぬかな

高浜虚子

『スパイダーマン』というアメリカ映画の人気は高いが、蜘蛛を好きだという人は多くはないと思われる。自分が生きるために、クモは網を張りじっと獲物がかかるのを待っている。虚子は次のようにも詠んでいる。

クモ網を張るが如くに我もあるか

クモの巣に蝶がかかった。「さあ神はどちらをお認めになるだろう」という、あるアメリカ映画のなかのセリフがあった。

種田山頭火には次の一句がある。

クモは網を張る私は私を肯定する

たのしみは妻子《めこ》むつまじくうちつどい頭《かしら》ならべて物をくう時　橘曙覧

幕末の歌人で、越前国の人。「たのしみは」で始まる歌五十二首が『独楽吟』にまとめられている。

たのしみは朝おきいでて昨日まで無かりし花の咲ける見る時

たのしみはそぞろ読みゆく書の中に我とひとしき人を見し時

何げない日常の出来事を詠んで、人情の機微を見事に表現している。作者のやさしい心、温い心根が伝わってくる。

後年、次のような不埒な歌を誰かがつくった。

たのしみは後に柱前に酒両手に女懐に金

年をとろうが目がかすもうが恋に定年ありゃしない

玉川スミ

三味線漫談の第一人者、おスミさんの都々逸である。三歳で初舞台を踏み、二〇〇二年「芸能生活八十周年」の記念公演を行った。辛口の社会時評を、三筋の糸に乗せて歌い上げる。聞いている方の胸がすっとする。

幾つになっても異性を意識しなさいよ、と舞台から語りかける。身ぎれいになって、背筋が伸びるからだという。説得力がある。抗加齢学会が五つの定めを発表しているが、その第一条は「いくつになっても男と女」である。

白隠の隻手《かたて》の声を聞くよりも両手を打って商いをせん

おさん

白隠禅師（一六八五〜一七六八年）の公案「隻手音声」への答えである。両手を打てば声（音）は聞こえる。では隻手（片手）ではどうか、という問い。

「おさん」というのは商家のおかみさん。「あたしゃ白隠さんを尊敬しているが、片手が鳴るか鳴らないかを考えている暇があったら、両手を叩いてお客さんを呼び込むよ」と答えた。これに対しての白隠禅師の返歌。

商いが両手叩いてできるなら
隻手の音は聞くに及ばず

長命を祈る間も減る命

作者不詳

新しい年を迎えると、各地の神社仏閣へ初詣に出かける人が大勢いる。「家内安全」「商売繁昌」「学業成就」「世界平和」と、いろんな願い事があるなかで、「健やかに長生き」は、誰しもが祈ることではないだろうか。

しかし「時」は瞬時の休みもなく流れ去っている。まさに「生まれ落ちたら死出の旅」である。

悠久の天地に明日はあるが、生きとし生ける者に明日はないのだと、思い定めている人が果たして何人いるだろうか……。

まるまるとまるまるめまるめよわが心
まんまるまるくまるくまんまる

木喰上人

真言宗の行のひとつに「木喰《もくじき》」がある。木の実や野草を食べて、五穀、肉、魚は一切口にしない。厳しい行である。

この歌を詠んだのは、そういう木喰行に徹したひとり、木喰五行《ごぎょう》である。五行は甲斐の国の出身で、二十二歳で出家、四十五歳で木喰を受戒、以後千体の仏像を彫ることを発願、全国を遊行した。

各地に残された五行の木彫りの仏像は表情豊かで活力に溢れ、明るく素朴ではあるが気品は高く、すぐれた芸術作品となっている。

ひもじさと寒さと恋をくらぶれば
恥かしながらひもじさが先　　詠み人知らず

「武士は食わねど高楊子」というのはヤセ我慢。「腹が減っては戦は出来ぬ」のである。歌舞伎の伽羅《めいぼく》先代萩では「腹が減ってもひもじうない」と、いたいけな幼な児にいわせる場面があるが、さぞかし腹の虫はここを先途と鳴き立てていることであろう。

　あまりのひもじさに、下関駅に火をつけた空《うつ》け者がいたのは記憶に新しい。

　寒さをしのぐ、恋をする、いずれも大事だが、やはりその前に空腹を満たしたいのが人情か……。

人混みをのがれて見れば花静か

初代　三笑亭可楽

上方落語に遅れること百年、江戸で落語が行われるようになって二百年余となる。今落語がブームといわれているが、江戸落語の始祖が可楽。当初は山椒亭辛苦と名乗っていた。

大川端、上野、飛鳥山と、桜の名所はどっと繰り出した人、人、人の波で一杯となる。歌意は説明するまでもないが、結びの「花静か」は「話塚」。

いつも喧噪をきわめている浅草寺界隈から少し離れた潮江院に、可楽の墓はある。

よく噛んで食べ過ぎないで腹八分
いつもニコニコ運動をする　乾達

いぬい・すすむ先生は医師。静岡の清水市で開業している。お父さんの蕃《しげる》（故人）先生の代から、患者さんに仏さまのように慕われている。病気の治療もさることながら、日頃の生活習慣が健康を維持するのに大事だと、歌を作った。

とくに一日三回、一年では一〇九五回も食べている食事が大事だというわけである。これと反対の悪い例は次の歌となる。

よく噛まず食べ過ぎ飲み過ぎ腹一杯
いつもイライラ運動しない

世の常のはめを外せる河童殿
悪戯しても楽しくあれよ　中河与一

代表作『天の夕顔』は、戦前の大ベストセラーとなった。今でも読み継がれている。その中河与一先生が、約三十年前に現村長の大野芳氏（作家）の発案で「かっぱ村」を興した。その後岩手県の遠野市を訪れた時、当時の古老たちが口々に、かっぱと出会ったときの話を熱っぽく語ってくれた。そこで日本各地のかっぱ伝説を掘り起こし、環境保護の運動を展開することとした。

遠野の猿ヶ石川の中流に、どっかと居座っている大石に、この歌が刻み込まれている。

浮いたか瓢簞軽そに流れる
行先ゃ知らねどあの身となりたい　　越中おわら節

毎年、九月一、二、三の三日間、富山県八尾町で「風の盆」が行われる。哀愁を帯びた胡弓の音色に、三味線、太鼓の伴奏が入り、切々とおわら節の歌が流れ、たおやかな踊りが街を練り歩く。その歌と歌の間に歌われるのが、囃子ことばというか、こうした歌詞の数々である。人情の機微を見事に表現していて、本歌の間にこうした歌詞を聞くと、なぜかほっとする。

三千世界の松の木ゃ枯れても
貴方と添われにゃ娑婆へ出た甲斐がない

大三十日《おおみそか》定めなき世の定め哉《かな》

井原西鶴

時の流れは、水の流れと違って目に見えない。しかし一瞬たりとも停まったりはしない。諸行無常である。その定めなき世の中にあって、大きな区切りをつけるのが大晦日である。江戸時代は掛け売りが習わしであった。その一切合切をきれいに清算するのが、一年間の最後の日、大晦日というわけである。

除夜の鐘が鳴り終わると初春・元旦。野暮はいいっこなしとなるのだから、借り手と貸し手の駈け引きは熾烈をきわめたという。

初電話笑顔のままで受話器置き　　風天

松竹映画『男はつらいよ』の車寅次郎、渥美清こと田所康雄の句である。俳号は「風天」。旅先から柴又の家族へかけているる寅さんの姿が彷彿としてくる。山田洋次監督は「寅さんには赤電話だ」といっていた。プッシュホンは似合わない。まして携帯においておやである。

渥美さんは種田山頭火、尾崎放哉を演じたいと願い、準備していたが適わなかった。次のような自由律句も詠んでいる。

山吹《やまぶき》きいろひまわりきいろたくわんきいろ
生きる楽しさ

何事ぞ高野の奥の女郎花《おみなえし》

古川柳

高野山は、空海、弘法大師が開かれた聖地である。こともあろうに、その神聖なる奥地に女郎花が咲くとはもってのほかである、と怒りの句になっている。しかし考えてみると滑稽であり、じわじわとおかしみが湧いてくる。

おみなえしは多年草で、淡黄色の小さな花を傘状にたくさんつける。なぜ女郎花と書いたのか。災難といえる。「他所で咲け高野の奥の女郎花」とうとまれ、「名を変えよ高野の奥の女郎花」と助け舟を出されている。

おれがおれがのがを捨てて
おかげおかげのげで暮せ

古謡

作者不詳。昔から宗派を問わずお寺で説教のときに使われたものだという。「が」は「我」であり、「げ」は「偈」であろうか。

「頑張る」という言葉は今日、いろんなところで使われているが、「我を張る」からきているので、あまりいい言葉ではないという説がある。「頑張らない」ほうがいいというお医者さんもいる。

いずれにしても肩に力を入れないで、己を空しくして、感謝の気持ちで毎日を過ごせ、ということなのであろう。

茶の湯とはただ湯をわかし茶をたてて飲むばかりなる事を知るべし

千利休

千利休（一五二二〜九一年）は茶道の祖師。太閤秀吉との確執で命を絶ったことは、あまりにも有名で広く知られている。

お稽古事や習い事に「道」がつくと、どうしても構えてしまう。格好をつけてしまう。とても平常心で事に臨めなくなってしまう。しかし利休は「ただ湯をわかし」云々と、平易に振舞うようにと教えている。

しかしこの「ただ」が、とてつもなく深い意味をもっている、と説く人もいる。

世の中の過去と他人は変らない
変えられるのは今からの自分

天遊子

歴史に「たら」や「れば」は通用しない。しかし古来歴史は、そのときの権力者によって綴られてきた。したがって全てが正しいとはいい切れない面がある。でも過去のいろんな出来事を変えることはできない。

他人もそうである。親、兄弟姉妹、子供でさえ変えることはできない。とすれば自分を変えるしかない。

人格の陶冶《とうや》、自己革新、生活習慣の改善など、まずは自分を刷新することが第一歩となる。

一日は書き直しできぬ清書なり

角間智恵子

習字の時間が苦手であった。字が下手だ、という意識が働き、必要以上に筆を持つ手に力が入ってしまう。これではうまく書けるはずがない。

授業時間の大半は、新聞紙に繰り返し書く練習である。残り時間が少なくなったところで、半紙に清書する。たった一枚である。書き損じは許されない。出来、不出来はともかく、提出する。

考えてみると、一日一日がこの清書なのである。「今日という日は本日限り」なのである。

あとがき

本書をお読みくださり有難うございます。生きる力を得ていただけたでしょうか。「一日一笑」は、『がん治療最前線』に連載中です。「笑いは百薬の長」は、『がんを治す完全ガイド』に連載しました。「笑いの福作用」は、月刊『卸薬業』に連載中です。「笑待席」は、『教育医事新聞』のコラムで、間もなく連載が終わります。それぞれ雑誌、新聞の責任者に、単行本にすることを心よく許可してもらえました。感謝です。『だから生きる』の題字は、高野山真言宗傳燈大阿闍梨で、大僧正でもある池口恵観法主に揮毫していただきました。有難うございます。

本書の出版・構成については、元就出版社の浜正史社長はじめスタッフのみなさんに大変お世話になりました。

だからの「だ」から濁点をとると「たから」となります。だからを一字ずらして読むと「からだ」となります。生命は宝ですし、体あっての生命です。もちろん心も魂も大事です。「駄から」ともなることに気がつきました。言葉ってほんとうに面白いですね。

この世に生を享《う》けたということは、とても有難いことなのです。この有難いは、感謝という意味ではなく、有ることが難しい、つまり気が遠くなるような、ごくごくわずかな可能性のことを意味します。我々ひとり一人が生命を授かることは大変稀な確率で、お釈迦さまはこれを「大海の一針」とおっしゃっています。あの広くて深い海のなかで、一本の針を探すようなものだというのです。その有難い生命をいただいたのですから、この世における使命を全うして、最期のときを迎えられるようにしなければなりません。

与えられた使命は人それぞれです。それを果たすのが責務です。有為転変、栄枯盛衰、運命、宿命、いろんな表現がありますが、「終わりよければ全てよし」の心境になって、旅立ちたいものです。板画家の長谷川無弟さんの詩であとがきの結びといたします。

ただ今だけがある
すんでしまった昨日
来ぬかも知れん明日
今はたしかにある

今を生かす人生
今に生かされる人生
今に感謝する人生
ただ今だけがある

まつい　てんゆう
本名、松井寿一（まつい・じゅいち）。1936年東京生まれ。早稲田大学卒業。(株)薬業時報社の記者、取締役編集局長を歴任。現在、フリーの医療ジャーナリスト。ＮＰＯ法人「日本医学ジャーナリスト協会」理事、『男はつらいよ』寅さんファンクラブ会長。著書に『薬の文化誌』(丸善ライブラリー)、『出逢い、Ｄ．Ｉ』(医薬経済社)、『薬も百薬の長』(薬事日報社)、『がんを友に生きる』(元就出版社)など。CD は NHK『ラジオ深夜便・こころの時代「笑いは百薬の長」』

超変掌説　だから生きる

2007年９月10日　第１刷発行
2007年11月11日　第２刷発行

著　者　松井　天遊
発行人　浜　　正史
発行所　株式会社　元就《げんしゅう》出版社
〒171-0022　東京都豊島区南池袋4-20-9
サンロードビル2F-B
電話 03-3986-7736　FAX 03-3987-2580
振替 00120-3-31078
題　字　池口　恵観
さしえ　原　えつお
装　幀　唯野　信廣
印刷所　中央精版印刷株式会社

※乱丁本・落丁本はお取り替えいたします。

ISBN978-4-86106-159-2 C0095

松井寿一

がんを友に生きる

空蝉橋を渡ったジャーナリスト

「がん」と知らされたときは「まさか」と戸惑い、「なぜ自分が」と憤り、「どうすりゃいいんだ」と途方にくれた。しかし「いやしくも自分は医療ジャーナリストなんだ」と気をとり直し、これからの一部始終を克明に書き連ねていこうと決心した。

■定価一五七五円